CW01464655

COLLECTION FOLIO

P. G. Wodehouse

Une partie mixte à trois

et autres nouvelles du green

*Traduit de l'anglais
par Monique Lebailly*

Gallimard

Ces nouvelles sont extraites du recueil
Le Doyen du club-house (Arcanes/Joëlle Losfeld, 2003).

Titres originaux :

A MIXED THREESOME

ORDEAL BY GOLF

THE COMING OF GOWF

Pelham Grenville Wodehouse est né à Guildford en Angleterre en 1881. À sa naissance, son père est absent, retenu à Hong Kong. Surnommé *Plum*, l'enfant est élevé par de vieilles tantes avant d'être confié à une école privée du Surrey avec ses frères, puis envoyé à Guernesey. Malgré le souhait de son père de le voir entrer dans la marine, le jeune homme étudie le latin et le grec. Grand sportif, il pratique la boxe, le football et le cricket. Pour des raisons financières, il doit renoncer à Oxford et commence à travailler sans beaucoup d'entrain dans une banque. Mais, attiré par l'écriture, il publie nouvelles, articles et critiques dramatiques et devient journaliste. En 1909, il part s'installer à New York où il rencontre celle qui deviendra sa femme. Il écrit des *lyrics*, des comédies musicales et travaille avec Cole Porter et George Gershwin. À travers ses romans et nouvelles, il décrit avec humour une aristocratie britannique peuplée de doux rêveurs et d'aimables excentriques. Le personnage de Bertram Wooster, toujours accompagné de son fidèle majordome Jeeves, lui vaut une reconnaissance internationale. Après la Seconde Guerre mondiale, qu'il passe en Europe, il retourne aux États-Unis et devient citoyen américain en 1955. En 1975, il est fait Chevalier de l'Empire britannique. Il meurt peu après, le 14 février, laissant une œuvre romanesque prolifique qui l'impose comme l'un des maîtres de l'humour britannique.

Une partie mixte à trois

C'était les vacances et le Comité des Greens avait décidé que, pour vingt guinées, les pères de famille pourraient non seulement envahir eux-mêmes le terrain, mais aussi y déverser leurs rejetons chéris, quel qu'en soit le nombre. En conséquence, des groupes d'enfants heureux et rieurs s'étaient propagés comme un urticaire sur tous les links*[1]. Un adulte au visage blême, qui avait tenu le coup dix minutes alors que toute une progéniture se querellait, les uns soutenant qu'il n'avait fallu au petit Claude que deux cents coups d'approche pour atteindre le neuvième green*, les autres tenant pour deux cent

---

1. Même si, ami lecteur, vous êtes un vrai golfeur, le vocabulaire de ce noble sport a beaucoup changé en plus de soixante-dix ans et j'ai cru donc nécessaire de dresser un lexique qui figure en fin d'ouvrage. Chaque terme qui s'y trouve répertorié sera marqué d'un astérisque à sa première apparition dans le texte. (*Toutes les notes sont de la traductrice.*)

vingt, se laissa tomber dans un fauteuil, à côté
du Doyen.

« Ça a marché ?

— Pas vraiment, répliqua l'autre d'un air morose.
Je croyais me faire, au sixième trou, un petit garçon costumé en Lord Fauntleroy [2], mais il a baissé
la tête. Ces enfants me fatiguent. Ils devraient plutôt faire rouler leurs cerceaux sur la route. Le
golf est un sport d'adultes. Comment voulez-vous
qu'un type joue quand une section de marmots
lui barre tous les trous ? »

Le Doyen secoua la tête. Il ne pouvait souscrire
à ces sentiments.

Sans doute (dit-il), l'enfant golfeur de l'été
constitue une épreuve pour le joueur qui aime
faire le parcours en un après-midi ; mais, person-
nellement, je le confesse, il me plaît de voir mes
compagnons humains — et les enfants golfeurs
entrent indubitablement dans cette catégorie bien
que, sur le terrain, on puisse ne pas avoir l'esprit
assez large pour l'admettre — mordre au plus
noble des jeux à un âge tendre. Car, comme la
rougeole, il faut attraper le golf quand on est

2. Costume porté par le héros du célèbre roman de
F. H. Burnett *Little Lord Fauntleroy*, et qui se compose d'une
culotte à la française et d'une veste en velours noir serrée à la
taille par une large ceinture, ornée d'un grand col de dentelle
et de manchettes assorties.

jeune ; s'il est reporté à un âge plus mûr, les conséquences peuvent être graves. Permettez que je
vous raconte l'histoire de Mortimer Sturgis, qui
illustre avec à-propos ce que je veux dire.

Mortimer Sturgis, lorsque j'ai fait sa connaissance, était un homme de trente-huit ans, insouciant, doué d'un aimable caractère, possédant
une fortune personnelle qu'il accroissait de temps
à autre grâce à quelque capital-risque judicieuse-
ment engagé à la Bourse. Bien qu'il n'ait jamais
joué au golf, il n'avait pas, pour autant, mal
employé sa vie. On lui connaissait un honorable
coup de raquette au tennis, il était toujours prêt
à contribuer aux concerts de bienfaisance par un
solo de baryton et donnait généreusement aux
pauvres. C'était ce que l'on pourrait appeler un
homme du juste milieu, pourvu d'un bon cœur
plutôt que de magnétisme personnel, sans vices
sérieux ni vertus héroïques. En guise de passe-
temps, il collectionnait les vases en porcelaine et
était fiancé à Betty Weston, une charmante jeune
fille de vingt-cinq ans que je comptais au nombre
de mes amies depuis sa naissance.

J'aimais bien Mortimer. Tout le monde l'aimait
bien. Mais malgré tout, j'étais un peu surpris
qu'une fille comme Betty se soit fiancée à lui.
Comme je vous l'ai dit, il n'avait aucun magnétisme
personnel et je croyais que c'était la principale

qualité qu'elle exigerait d'un homme. Betty était l'une de ces jeunes filles vives, ardentes, intensément portées au culte des héros, et je supposais que son idéal serait plutôt du genre chevalier empanaché ou corsaire de haute mer. Mais, bien sûr, s'il est une branche de l'industrie moderne où la demande excède l'offre, c'est bien la manufacture de chevaliers et de corsaires ; aussi, de nos jours, une jeune fille, si enflammées que fussent ses aspirations, doit se contenter du meilleur prétendant qu'elle puisse trouver. Je dois admettre que Betty semblait parfaitement satisfaite de son Mortimer.

Telle était la situation lorsque Eddie Denton arriva, et alors les ennuis commencèrent.

Un soir, je ramenais Betty chez elle après un thé dansant où je lui avais servi de cavalier lorsque, par hasard, nous aperçûmes Mortimer sur la route. En nous voyant, il se mit à courir au galop en agitant un morceau de papier au-dessus de sa tête. Il était visiblement excité, chose inhabituelle chez cet homme équilibré. L'émotion travaillait son gros visage bon enfant.

« Bonne nouvelle ! s'écria-t-il. Bonne nouvelle ! Ce cher vieil Eddie est de retour !

— Oh, c'est merveilleux, chéri ! dit Betty. Eddie Denton est le grand ami de Mortimer, m'expliquat-elle. Il m'a tellement parlé de lui. J'avais hâte qu'il revienne. Mortie ne jure que par lui.

— Tu feras de même quand tu le connaîtras, cria Mortimer. Ce cher vieil Eddie ! C'est une merveille ! Le meilleur garçon du monde ! Nous étions ensemble au lycée et à l'université. Personne ne lui arrive à la cheville ! Il a débarqué hier. De retour d'Afrique centrale. C'est un explorateur, vous savez, me dit-il. Il est tout le temps fourré dans des endroits où un homme blanc risque la mort.

— Un explorateur ! » s'exclama tout bas Betty, comme se parlant à elle-même. Je n'étais pas aussi impressionné qu'elle, je le crains fort. En fait, les explorateurs me laissent un tantinet froid. Il m'avait toujours paru que l'on exagérait grandement les périls de leur existence — eux surtout. Dans un grand continent comme l'Afrique, par exemple, j'imaginais qu'il était presque impossible de ne pas arriver quelque part si l'on marchait assez longtemps. Trouvez-*moi* plutôt un type capable de plonger dans les entrailles de la terre, à Piccadilly Circus, et de trouver la bonne rame sans rien d'autre, pour le guider, qu'un lot d'indications fallacieuses. Cependant, nous ne sommes pas tous faits pareils en ce monde, et il était visible, à la rougeur qui empourprait ses joues, à la lumière qui brillait dans ses yeux, que Betty admirait les explorateurs.

« Je vais lui télégraphier tout de suite en le priant de venir ici. Il y a deux ans que je ne l'ai vu. J'ai terriblement hâte de vous présenter l'un à l'autre, ma chérie. Il est fait pour te plaire. Je sais combien tu es romanesque et attirée par les aventures. Tu devrais entendre Eddie raconter comment il a abattu un *bongo* avec sa dernière cartouche alors que tous les *pongos*, les porteurs indigènes, s'étaient enfuis dans les *dongos*, les broussailles.

— J'adorerais ça ! » chuchota Betty, les yeux embrasés. Je suppose que, pour une jeune fille impressionnable, ces choses-là sont vraiment d'un intérêt passionnant. En ce qui me concerne, les *bongos* m'intriguent encore moins que les *pongos*, quant aux *dongos*, franchement, ils me barbent. « Quand espérez-vous sa venue ?

— Il recevra mon télégramme ce soir. J'espère que nous verrons ce cher vieux copain demain après-midi. Eddie va être drôlement étonné d'apprendre que je suis fiancé. C'est un célibataire endurci. Il m'a dit qu'il considérait ce proverbe swahili comme la chose la plus sage jamais sortie d'une bouche humaine : "Qui prend femme dans son kraal plonge tout droit dans le *wongo*." Le *wongo*, me dit-il, est une sorte de bouillon fait avec des os à moelle et des fines herbes, et qui correspond à peu près à notre soupe. Il faut demander à Eddie de vous le dire en swahili. Ça sonne encore mieux. »

Je vis les yeux de la jeune fille lancer un éclair, et se peignit alors sur son visage cette expression particulière bien connue des hommes mariés. Elle s'effaça en un instant, mais pas avant de m'avoir fourni matière à réfléchir pendant mon retour à la maison, et durant les veilles nocturnes silencieuses. J'aimais bien Mortimer Sturgis et je voyais des ennuis se dresser sur sa route aussi sûrement que si j'avais donné deux guinées à un chiromancien pour qu'il lise dans les lignes de sa main. Il y a d'autres proverbes tout aussi sages que celui que Mortimer avait traduit du swahili, et l'un des meilleurs est ce pittoresque vieux dicton qui se transmet de génération en génération chez les marchands des quatre saisons de Whitechapel, et qu'on se chuchote à minuit dans les wigwams des vendeurs de bulots : « Ne présente jamais ton copain à ta belle. » Toute la sagesse du monde est contenue dans ces huit mots.

Je prévoyais si clairement l'avenir ! Après que Mortimer eut excité l'imagination de Betty avec ses histoires sur la carrière romanesque de son ami, et ajouté la touche finale en l'avertissant qu'il s'agissait d'un misogyne, il ne pouvait arriver qu'une seule chose, n'est-ce pas ? Il aurait aussi bien pu demander à la jeune fille de lui rendre sur-le-champ sa bague de fiançailles. Mon cœur saignait pour Mortimer.

Il se trouva que je lui téléphonai le lendemain soir de la visite que leur avait rendue l'explorateur, et déjà le mal était fait.

Denton était un de ces durs à cuire aux yeux brûlants, au teint rouge brique. Il ressemblait à ce qu'il était, un homme d'action à l'esprit entreprenant. Il avait le corps maigre, nerveux, et la forte mâchoire indispensables à l'explorateur ; à côté de lui, Mortimer n'était que le minable produit mou de notre civilisation de serre. J'ai oublié de dire qu'il portait des lunettes, et s'il est un temps où un homme ne devrait surtout pas porter de lunettes, c'est lorsqu'un voyageur des régions sauvages, au visage énergique, aux yeux perçants, narre ses aventures à une belle jeune fille.

Car c'était ce que faisait Denton. Mon arrivée parut l'interrompre au milieu de son récit. Il me donna, en silence, une poignée de main énergique, et reprit :

« Eh bien, comme les indigènes semblaient assez amicaux, je décidai de rester ce soir-là. »

Je pris mentalement note qu'il ne fallait jamais se montrer quelque peu amical avec un explorateur. Sinon, il décidait de passer la nuit chez vous.

« Le lendemain matin, ils me firent descendre la rivière. À cet endroit, elle s'élargit pour former un *kongo*, une mare, et c'était là, me dirent-ils, qu'on avait le plus de chances de trouver le crocodile, vivant de bœufs indigènes — les *jongos* aux cornes courtes — qui, balayés par le courant lorsqu'ils traversaient à gué, un peu plus haut, étaient emportés par les *longos*, les rapides. Mais il me fallut attendre le lendemain soir pour apercevoir enfin son vilain museau à la surface. Je restai à l'affût dans le coin et, le troisième jour, je le vis soudain sortir de l'eau, se hisser de tout son long sur un banc de sable, au milieu du courant, et s'endormir au soleil. C'était vraiment un monstre... il faisait au moins neuf... vous n'êtes jamais allée en Afrique centrale, Mlle Weston ? Non ? Vous devriez !... Au moins quinze mètres du bout du nez à l'extrémité de la queue. Il était là, allongé au soleil, luisant de toutes ses écailles. Je n'oublierai jamais ce spectacle. »

Il s'interrompit pour allumer une cigarette. J'entendis Betty reprendre son souffle. Mortimer rayonnait derrière ses lunettes, tel le propriétaire d'un chien dont les tours émerveillent tout un salon.

« Et alors, qu'avez-vous fait, M. Denton ? demanda Betty hors d'haleine.

— Oui, mon vieux, qu'as-tu fait ? » dit Mortimer.

Denton éteignit l'allumette en soufflant dessus et la laissa tomber dans le cendrier.

« Hein ? Oh, j'ai traversé à la nage et je l'ai tué, répondit-il d'un air insouciant.

— Vous avez traversé à la nage et vous l'avez tué !

— Oui. Il me semblait que l'occasion était trop belle pour la laisser passer. Bien entendu, j'aurais pu tirer sur lui de la rive, mais peut-être sans le toucher en un endroit vital. Alors, j'ai nagé jusqu'au banc de sable, j'ai fourré le canon de mon fusil dans sa gueule et j'ai appuyé sur la gâchette. J'ai rarement vu un crocodile aussi interloqué.

— Mais c'était terriblement dangereux !

— Oh, le danger ! » Denton rit doucement. « On s'habitue à prendre des risques, là-bas, vous savez. En parlant de *danger*, la fois où la situation m'a paru vraiment quelque peu désagréable, c'est lorsqu'un *gongo* blessé m'a acculé dans un étroit *tongo* alors que je n'avais qu'un couteau de poche dont toutes les lames, sauf le tire-bouchon et celle faite pour ôter les cailloux des sabots des chevaux, étaient brisées. C'est comme cela que… »

Je n'en pouvais plus. Je suis un homme au cœur tendre, aussi ai-je avancé n'importe quelle excuse, et je suis parti. Rien qu'à l'expression peinte sur le visage de la jeune fille, je pouvais dire que ce n'était plus qu'une question de jours avant qu'elle livre son cœur à ce romanesque nouveau venu.

En fait, le lendemain après-midi, elle vint me voir pour me dire que le pire était arrivé. Je la connaissais depuis sa tendre enfance, vous comprenez, et elle m'avait toujours confié ses soucis.

« J'ai besoin de vos conseils, commença-t-elle. Je suis si malheureuse ! »

Elle éclata en sanglots. Je compris que les nerfs de la pauvre fille étaient en train de craquer, aussi fis-je de mon mieux pour la calmer en lui décrivant de quelle manière j'avais gagné le trou long en quatre coups. Mes amis disent qu'il n'y a pas meilleur soporifique, et il parut qu'ils ne se trompaient peut-être pas car, juste comme j'arrivais au moment où j'avais posé pile mon putt* d'approche à une distance de cinq mètres, elle devint plus tranquille. Elle se sécha les yeux, bâilla une ou deux fois et me regarda bravement.

« Je suis amoureuse d'Eddie Denton !

— C'est bien ce que je craignais. Quand cela a-t-il commencé ?

— Ça m'est tombé dessus comme un coup de

tonnerre hier soir, après dîner. Nous nous promenions dans le jardin et il allait me raconter comment il avait été mordu par un *zongo* venimeux, lorsque ma tête s'est mise à tourner. Quand je suis revenue à moi, j'étais dans les bras d'Eddie. Son visage était pressé contre le mien et il gazouillait.

— Il gazouillait ?

— C'est ce que j'ai cru, d'abord. Mais il m'a rassurée. Il parlait simplement l'un des dialectes les moins connus des indigènes Walla-Walla de l'Ouganda oriental, qui lui revient dans ses moments de grande émotion. Il s'est repris suffisamment pour m'en donner une traduction approximative, et alors j'ai su qu'il m'aimait. Il m'a embrassée. Je l'ai embrassé. Nous nous sommes embrassés.

— Et où se trouvait Mortimer pendant tout ce temps ?

— Dans la maison, où il cataloguait sa collection de vases. »

Un moment, je le confesse, je fus sur le point d'abandonner la cause de Mortimer. J'estimais qu'un homme qui pouvait rester dans la maison à cataloguer des vases pendant que sa *fiancée*[3] se promenait au clair de lune avec des explorateurs,

3. En français dans le texte.

méritait tout ce qui allait lui arriver. Je surmontai la tentation.

« Tu le lui as dit ?

— Non, bien sûr.

— Tu ne crois pas que c'est important pour lui ?

— Comment pourrais-je le lui dire ? Cela lui briserait le cœur. J'ai énormément d'affection pour Mortimer. Eddie aussi. Nous préférerions mourir que de faire quelque chose qui puisse le blesser. Eddie est un homme d'honneur. Il est d'accord avec moi, Mortimer ne doit jamais le savoir.

— Alors, tu ne vas pas rompre avec lui ?

— Je ne peux pas. Eddie pense de même. Il dit qu'à moins de trouver une solution, il me fera ses adieux et s'en ira à pas de loup, loin, très loin, dans un désert reculé, et là, au sein du grand silence, uniquement rompu par le cri d'un *yongo* rôdant dans les parages, il tentera d'oublier.

— Quand tu dis : "À moins de trouver une solution", à quoi fais-tu allusion ? Que pourrait-on faire ?

— J'ai pensé que, peut-être, vous auriez quelque chose à me suggérer. Croyez-vous que l'idée de rompre pourrait venir à Mortimer ?

— C'est absurde ! Il t'aime de tout son cœur.

— J'en ai bien peur. L'autre jour, lorsque j'ai

laissé tomber l'un de ses plus beaux vases, il s'est contenté de sourire et de dire que ce n'était pas grave.

— Je peux t'en donner une meilleure preuve. Ce matin, Mortimer est venu me voir et m'a demandé de lui donner, en secret, des leçons de golf.

— De golf ! Mais il méprise le golf.

— Exact. Mais il va l'apprendre pour te faire plaisir.

— Mais pourquoi en secret ?

— Parce qu'il veut t'en faire la surprise pour ton anniversaire. Maintenant, peux-tu douter de son amour ?

— Je ne suis pas digne de lui ! » chuchota-t-elle.

Ces paroles me donnèrent une idée.

« Si nous pouvions en convaincre Mortimer !

— Je ne comprends pas.

— Suppose, par exemple, qu'on puisse lui faire croire que tu es, disons, dipsomane. »

Elle secoua la tête. « Il le sait déjà.

— Quoi !

— Oui, je lui ai dit que, parfois, j'avais des crises de somnambulisme.

— Je parlais d'alcoolisme.

— Rien ne pourrait me pousser à prétendre que je bois en secret.

— Alors, toxicomane ?

— Je déteste les médicaments.

— J'ai trouvé ! Kleptomane.

— Qu'est-ce que c'est ?

— Quelqu'un qui vole des choses.

— Oh, c'est horrible.

— Pas du tout. C'est quelque chose que peut parfaitement faire une jeune fille bien élevée. On ignore qu'on le fait.

— Mais, si je ne sais pas que je le fais, comment saurai-je que je le fais ?

— Je te demande pardon ?

— Comment pourrai-je dire à Mortimer que je suis... ce que vous dites, si je l'ignore ?

— Tu ne le lui diras pas. C'est moi qui le lui dirai. Je vais l'informer demain que tu es venue me voir cet après-midi et que tu m'as volé ma montre et... » Je jetai un coup d'œil autour de moi. « Ma boîte d'allumettes en argent.

— J'aimerais mieux avoir ce petit vinaigrier.

— Tu n'auras ni l'un ni l'autre. Je dirai simplement que tu l'as volé. Qu'arrivera-t-il ?

— Mortimer vous donnera un coup de cleek*.

— Pas du tout. Je suis un vieil homme. Mes cheveux blancs me protégeront. Mais il exigera une confrontation entre toi et moi, et te demandera de réfuter cette vilaine accusation.

— Et alors ?

— Alors, tu avoueras et il te libérera de ta promesse de mariage. »

Elle garda un moment le silence. Je voyais que mes paroles avaient fait impression sur elle.

« Je pense que c'est une merveilleuse idée. Merci beaucoup. » Elle se leva et se dirigea vers la porte. « Je savais que vous me proposeriez quelque chose de formidable. » Elle hésita. « Vous ne croyez pas que cela aurait l'air plus crédible si je prenais vraiment le vinaigrier ? ajouta-t-elle avec un regard plein d'un vague désir.

— Cela gâcherait tout », répliquai-je fermement, en prenant l'objet et en l'enfermant soigneusement dans un tiroir de mon bureau.

Elle garda le silence un moment, et son regard se fixa sur le tapis. Cela ne m'inquiéta pas. Il était cloué au parquet.

« Eh bien, au revoir, dit-elle.

— *Au revoir* [4], répondis-je. J'ai rendez-vous avec Mortimer à six heures trente. Attends-toi à ce que nous passions chez toi vers huit heures. »

Le lendemain matin, Mortimer arriva à l'heure à son rendez-vous d'amour avec le golf. Lorsque j'atteignis le dixième tee*, il était déjà là. Nous échangeâmes un bref salut, je lui tendis un dri-

---

4. En français dans le texte.

ver*, esquissai les notions fondamentales du grip*
et du swing*, et lui dis de s'y mettre.

« Ça a l'air simple, dit-il en prenant son stance*.
Vous êtes certain que c'est équitable que la balle
soit, comme ça, perchée sur un petit tas de sable ?

— Parfaitement équitable.

— Je veux dire que je ne voudrais pas être dor-
loté parce que je suis débutant.

— La balle est toujours surélevée pour le drive*.

— Oh, eh bien, si vous le dites. Mais il me semble que cela enlève tout le côté sportif du jeu. Où
dois-je l'envoyer ?

— Droit devant.

— Mais n'est-ce pas dangereux ? Je veux dire,
supposons que je brise la vitre d'une fenêtre de
cette maison qui est là-bas ? »

Il montrait une charmante résidence, un vrai
bijou[5], à quelque cinq cents mètres du fairway*.

« Dans ce cas, répliquai-je, le propriétaire sort
en pyjama et vous offre le choix entre quelques
noix et un cigare. »

Il parut rassuré et commença à viser la balle.
Puis il s'arrêta encore.

« N'y a-t-il pas quelque chose qu'on doit dire
avant de commencer ? demanda-t-il. "Pouce !", ou
quelque chose comme ça ?

5. En français dans le texte.

— Vous pouvez crier "Gare !" si cela peut vous rendre les choses plus faciles. Mais ce n'est pas nécessaire.

— Puisqu'il faut que j'apprenne ce jeu stupide, déclara fermement Mortimer, autant l'apprendre vraiment bien. Gare ! »

Je l'observais avec curiosité. Je ne mets jamais un club dans les mains d'un débutant sans éprouver un sentiment quelque peu semblable à celui du sculpteur qui inspecte un bloc d'argile informe. Je ressens les émotions d'un créateur. Voilà, me dis-je, un être à demi sensible, et je vais insuffler la vie dans sa carcasse dépourvue d'âme. Pour le moment, bien que théoriquement vivant, il n'est que pure matière. Après cela, ce sera un golfeur.

Pendant que je me livrais à cette méditation, Mortimer frappa la balle. Le club, s'abattant avec un sifflement, effleura la surface de la sphère de caoutchouc, l'ôta du tee* et l'envoya à quinze centimètres de là en la sliçant* légèrement.

« Damnation ! » s'écria Mortimer en se détortillant.

J'approuvai d'un hochement de tête. C'était un drive sur lequel on n'aurait rien trouvé à écrire dans les journaux consacrés au golf, mais la technique du jeu lui entrait dans la tête.

« Qu'est-ce qui s'est passé ? »

Je le lui dis en un mot.

« Votre stance était mauvais, et votre grip aussi, et vous avez bougé la tête, et fait osciller votre corps, et quitté la balle des yeux, et serré trop fort le manche, et oublié d'utiliser vos poignets, et vous avez pivoté trop vite, et vous avez laissé vos mains prendre de l'avance sur le club, et vous avez perdu l'équilibre, et omis de pivoter sur la plante de votre pied gauche, et vous avez plié le genou droit. »

Il demeura silencieux un moment.

« Il y a plus de choses dans ce passe-temps qu'un observateur ordinaire ne le soupçonnerait », dit-il.

J'ai remarqué, et je pense que je ne suis pas le seul, que, dans l'apprentissage du golf, il y a un moment bien défini où le novice peut dire qu'il a traversé la ligne de partage — le Rubicon, en quelque sorte — qui sépare le golfeur du non-golfeur. Ce moment arriva immédiatement après son premier bon drive. Durant les quatre-vingt-dix minutes du cours que je donnai ce matin-là à Mortimer, il tenta toutes les variétés de drive connues de la science, mais ce ne fut qu'au moment où nous allions partir qu'il en fit un bon.

Peu avant, il avait observé ses mains couvertes d'ampoules avec une expression empreinte d'un sombre dégoût.

« Ça ne va pas, dit-il. Je n'arriverai jamais à apprendre ce chameau de jeu. Et je n'en ai pas envie non plus. C'est seulement fait pour les dingues. Quel est le sens de tout cela ? Frapper une saleté de petite balle avec un bâton ! Si je veux faire de l'exercice, je prendrai une canne et j'irai racler les barreaux d'une grille. Ça, au moins, ça a un sens ! Bon, filons. On ne va pas perdre toute la matinée ici.

— Essayez encore un drive, puis nous partirons.

— D'accord. Si vous y tenez. Mais ça ne sert à rien. »

Il mit la balle sur le tee, adopta n'importe quel stance et donna un petit coup d'un air morose. Un bref claquement retentit, la balle quitta le tee, parcourut cent mètres en ligne droite sans s'élever de plus de trois mètres, s'envola sur soixante-dix mètres en décrivant un gracieux arc de cercle, frappa le gazon, roula et s'arrêta à une distance de mashie* du green.

« Splendide ! » m'écriai-je.

Mortimer avait l'air stupéfait.

« Comment est-ce arrivé ? »

Je le lui dis très simplement.

« Votre stance était bon, votre grip aussi, et vous avez gardé la tête immobile, et vous n'avez pas fait osciller votre corps, ni quitté la balle des yeux, et vous avez effectué lentement votre backswing, et laissé bras ballants, et vous avez tourné les poignets, et laissé la tête du club mener le jeu, et vous avez gardé votre équilibre et pivoté sur la plante de votre pied gauche, et vous n'avez pas baissé le genou droit.

— Je vois. Oui, je pense que ce doit être ça.

— Maintenant, rentrons.

— Attendez une minute. Je veux juste mémoriser ce que j'ai fait pendant que je l'ai encore à l'esprit. Voyons, je me suis posté comme cela. Ou était-ce plutôt comme ceci ? Non, comme cela. » Il se tourna vers moi, le visage rayonnant. « Quelle bonne idée j'ai eue de me mettre au golf ! Ce sont des âneries ce qu'on lit dans les journaux humoristiques sur les gens qui ratent tout le temps leur coup et qui cassent leur club, et tout ça. Il suffit de faire un petit peu attention. Quel jeu formidable ! Il n'y a rien de pareil au monde ! Je me demande si Betty est déjà levée. Il faut que j'aille lui montrer comment j'ai fait ce drive. Un swing parfait, avec tout ce qu'il faut de poids, de poignet et de muscle. J'avais l'intention de ne pas lui en parler avant que je sache vraiment, mais maintenant, je *sais*. Allons la tirer du lit. »

Il m'avait donné le signal. Je posai la main sur son épaule et parlai d'un air triste.

« Mortimer, mon garçon, j'ai bien peur d'avoir de mauvaises nouvelles à vous apprendre.

— Le backswing lentement — garder la tête immobile — c'est cela ? Des mauvaises nouvelles ?

— C'est au sujet de Betty.

— De Betty ? Qu'est-ce qu'elle a ? Ne pas laisser le corps osciller — garder l'œil fixé sur la...

— Préparez-vous à recevoir un choc, mon garçon. Hier après-midi, Betty est venue me voir. Quand elle est repartie, je me suis aperçu qu'elle m'avait volé ma boîte d'allumettes en argent.

— Volé votre boîte d'allumettes ?

— Volé ma boîte d'allumettes.

— Oh, eh bien, je pense que la responsabilité est partagée, dit Mortimer. Dites-moi si j'oscille, cette fois-ci.

— Vous n'avez pas saisi ce que je vous dis ! Comprenez-vous que Betty, la jeune fille que vous allez épouser, est kleptomane ?

— Kleptomane !

— C'est la seule explication possible. Réfléchissez à ce que cela implique, mon garçon. Pensez à ce que vous éprouverez chaque fois que votre femme vous dira qu'elle sort faire des courses ! Pensez à vous, resté seul à la maison, regardant la pendule et vous disant : "Elle est en train de voler une paire de bas de soie !" "Elle doit cacher des gants dans son ombrelle !" "En ce moment même, elle file avec un collier de perles !"

— Elle ferait ça ?

— Bien sûr que oui ! Elle ne peut pas se retenir. Ou plutôt, elle ne peut se retenir de se servir. Alors, mon garçon, qu'en pensez-vous ?

— Je dois seulement l'aimer encore plus », dit-il.

J'étais touché, je l'avoue. Mon plan avait échoué, mais cela prouvait que Mortimer Sturgis était un garçon en or. Il resta là, les yeux fixés sur le fairway, plongé dans ses pensées.

« Au fait, dit-il d'un air méditatif, je me demande si cette chère enfant assiste parfois à l'une de ces ventes... ces ventes aux enchères, vous savez, où on vous permet d'inspecter les choses, la veille ? Ils ont souvent d'assez jolis vases. »

Il se tut et retomba dans sa rêverie.

À partir de ce jour, Mortimer Sturgis apporta la preuve que, comme je vous l'ai dit, on court de grands périls lorsqu'on se met au golf à un âge avancé. Toute une vie passée à observer mes compagnons m'a convaincu que la nature avait l'intention que nous devenions tous des golfeurs. Le germe du golf est implanté dans chaque être humain à la naissance, et sa répression le fait grandir, grandir — pendant quarante, cinquante, soixante ans — jusqu'à ce qu'il rompe ses liens et balaie sa victime comme un raz-de-marée. Le sage, qui commence à jouer dès l'enfance, est capable de laisser le poison sortir graduellement de son organisme sans conséquences nuisibles. Mais un homme comme Mortimer Sturgis, qui comptait trente-huit années sans golf, perd pied. Il est emporté. Tout sens de la mesure l'abandonne. Il est dans la même situation que la mouche posée sur la paroi du barrage juste au moment où elle se craquelle.

Mortimer Sturgis s'adonna sans résister à une orgie de golf telle que je n'en avais jamais vu. Dans les jours qui suivirent cette première leçon, il accumula une collection de clubs assez importante pour lui permettre d'ouvrir une boutique, et il continua à en acheter au rythme de deux ou trois par jour. Le dimanche, la chose étant impossible, il errait comme une âme en peine. Bien entendu, en ce jour férié, il effectuait ses quatre parcours habituels, mais il n'était pas heureux. Tandis qu'il sliçait dans le rough*, l'idée que le cleek à face en bois, breveté, qu'il allait acheter le lendemain matin aurait pu faire toute la différence lui gâchait complètement son plaisir.

Je me souviens qu'une fois, il m'appela à trois heures du matin pour me dire qu'il avait résolu le problème du putting. Il avait l'intention, me dit-il, d'utiliser à l'avenir un maillet de croquet et se demandait si quelqu'un d'autre y avait jamais pensé avant lui. Le gémissement qu'il étouffa

lorsque je l'informai qu'utiliser un maillet de croquet était interdit me hanta durant des jours.

Sa bibliothèque sur le golf grandissait au même
rythme que sa collection de clubs. Il acheta tout
ce qui paraissait, s'abonna aux journaux spéciali-
sés et le jour où, dans un magazine, il tomba
sur un paragraphe soulignant que M. Hutchings,
ex-champion amateur, n'avait pas commencé à
jouer avant l'âge de quarante ans, et que son adversaire lors de la finale, M. S. H. Fry, n'avait jamais
tenu un club avant sa trente-cinquième année, il
le fit graver sur du vélin, puis encadrer, et l'accrocha
à côté de son miroir à raser.

Et Betty, pendant ce temps-là ? Elle, pauvre
enfant, les yeux tournés vers son avenir lugubre,
se voyait séparée à jamais de l'homme qu'elle
aimait, et négligée par un mari golfeur pour lequel
— même lorsqu'il gagna la médaille du plus bas
handicap* hebdomadaire avec un score de cent
trois moins vingt-quatre — elle n'éprouvait rien
de plus chaleureux que du respect. Ce furent des
temps maussades pour Betty. Tous trois — elle,
Eddie Denton et moi — revenions souvent, dans
nos conversations, sur l'étrange obsession de Mortimer. L'explorateur fit remarquer que, même si
son ami n'avait pas fait une éruption de taches
roses, ses symptômes étaient presque identiques à

ceux du redoutable *mongo-mongo*, le fléau qui sévit dans l'arrière-pays de l'Afrique orientale. Pauvre Denton ! Il avait déjà acheté son billet pour retourner là-bas et passait des heures à chercher de bons déserts dans l'atlas.

Dans toute fièvre des histoires d'amour humaines, une crise finit par surgir. On peut en émerger guéri, ou plonger dans les profondeurs encore plus vertigineuses de cette maladie de l'âme ; mais la crise survient toujours. J'eus le privilège d'être présent lorsque celle des aventures de Mortimer Sturgis et de Betty Weston éclata.

Je m'étais rendu au club, un après-midi, à une heure où il est généralement vide, et la première chose que je vis en entrant dans la salle principale qui donne sur le neuvième green, ce fut Mortimer. Il rampait sur le sol et j'avoue que, lorsque je l'aperçus, mon cœur s'arrêta de battre. Je craignis que sa raison, sapée par les excès, n'ait cédé. Je savais que depuis des semaines, jour après jour, le niblick* n'avait pour ainsi dire jamais quitté sa main, et aucune constitution ne peut supporter cela.

Il leva les yeux en entendant mes pas.

« Salut, dit-il. Voyez-vous une balle quelque part ?

— Une balle ? » Je reculai en tendant la main vers la poignée de la porte. « Mon cher ami, vous avez fait une erreur, fis-je remarquer d'un ton apaisant. Mais une erreur naturelle. N'importe qui aurait pu la commettre. En réalité, ici, c'est le club-house. Les links, c'est là, dehors. Pourquoi ne pas sortir bien tranquillement avec moi et voir si nous ne pouvons pas trouver des balles sur le terrain ? Si vous voulez bien attendre ici un moment, je vais appeler le docteur Smithson. Il me disait ce matin même qu'il avait besoin d'une bonne partie de chasse à la balle pour se mettre en forme. Cela ne vous ennuie pas qu'il se joigne à nous ?

— C'était une Silver King avec mes initiales gravées dessus, continua Mortimer sans prêter attention à mes dires. J'étais arrivé sur le neuvième green en onze coups avec un beau mashie niblick, mais mon putt d'approche a été un peu trop fort. Elle est entrée ici par la fenêtre. »

Je m'aperçus alors que la vitre de l'une des fenêtres donnant sur le terrain était brisée, et grand fut mon soulagement. Je me mis à genoux et l'aidai dans ses recherches. Nous finîmes par la dénicher à l'intérieur du piano.

« Quelle est la règle dans ce cas ? s'enquit Mortimer. Dois-je la jouer où elle repose, ou puis-je la monter sur un tee et perdre un coup ? Si je dois la jouer là où elle est, je suppose que le club devrait être un niblick ? »

C'est à cet instant que Betty entra. Un coup d'œil à son visage pâle et résolu me dit qu'une scène allait éclater et que je ferais mieux de me retirer, mais elle se trouvait entre la porte et moi.

« Salut chérie, dit Mortimer qui l'accueillit en brandissant amicalement son niblick. J'ai envoyé ma balle dans le bunker* du piano. Mon putt d'approche était un peu trop fort et j'ai dépassé le green.

— Mortimer, dit la jeune fille d'une voix tendue, je veux te poser une question.

— Oui, ma chérie ? J'aurais voulu que tu voies mon drive au huitième trou, là, tout de suite. Il était extra ! »

Betty le regarda droit dans les yeux.

« Sommes-nous fiancés, oui ou non ?

— Fiancés ? Ah, oui, on va se marier ! Bien sûr. J'ai essayé le stance ouvert à l'adresse, pour changer, et...

— Tu m'avais promis de faire une promenade avec moi, ce matin. Tu n'es pas venu. Où étais-tu ?

— Eh bien, je jouais au golf.

— Le golf ! Ce simple mot me donne la nausée ! »

Un spasme secoua Mortimer.

« Il ne faut pas dire des choses comme cela devant les gens ! J'ai senti, dès que j'ai entamé mon swing, que tout allait bien se passer. J'ai...

— Je vais te donner encore une chance. Vas-tu m'emmener faire un tour en voiture ce soir ?

— Je ne peux pas.

— Pourquoi ? Qu'est-ce que tu vas faire ?

— Jouer au golf, tout simplement.

— J'en ai assez d'être délaissée comme cela ! » s'écria Betty en tapant du pied. Pauvre fille, je comprenais son point de vue. C'était déjà assez dur de se trouver fiancée à l'homme qu'elle n'avait plus envie d'épouser sans, en plus, être traitée par lui comme une simple connaissance. Sa conscience, luttant contre son amour pour Eddie Denton, l'avait gardée fidèle à Mortimer, et ce dernier acceptait le sacrifice avec une négligence distraite qui aurait exaspéré n'importe quelle jeune fille. « C'est comme si nous n'étions pas du tout fiancés. Tu ne m'emmènes jamais nulle part.

— Je t'ai demandé de venir avec moi au championnat Open.

— Pourquoi tu ne me conduis jamais au bal ?

— Je ne sais pas danser.

— Tu pourrais apprendre.

— Mais je ne sais pas si la danse peut améliorer le jeu d'un golfeur. On n'a jamais entendu dire qu'un pro de première classe dansait. James Braid ne danse pas.

— Bien, j'ai pris ma décision. Mortimer, il faut que tu choisisses entre le golf et moi.

— Mais, chérie, j'ai fait le parcours en cent un coups hier. Tu ne peux pas attendre d'un homme qu'il abandonne le golf quand il est au sommet de son jeu.

— Très bien. Je n'ai rien de plus à dire. Nos fiançailles sont rompues.

— Ne me laisse pas tomber, Betty, invoqua Mortimer, et il y avait dans sa voix un accent qui me fendit le cœur. Tu me rendrais tellement malheureux. Et, quand j'ai du chagrin, je slice toujours mes coups d'approche. »

Betty Weston se dressa de toute sa hauteur. Son visage s'était durci.

« Voilà votre bague ! » dit-elle, et elle sortit majestueusement de la salle.

Après son départ, Mortimer resta un moment immobile, à regarder l'anneau qui brillait dans sa main. Je traversai la pièce à pas feutrés et lui tapotai l'épaule.

« Ne vous laissez pas abattre, mon garçon, courage ! »

Il me regarda d'un air piteux.

« Le trou m'est barré ! murmura-t-il.

— Soyez brave ! »

Il continua, comme s'il se parlait à lui-même.

« Je me suis souvent dépeint — oh, combien de fois ! — notre petit foyer ! Le sien et le mien.

Elle, en train de coudre dans son fauteuil, moi de m'exercer à des putts sur le petit tapis, devant la cheminée... » Le souffle lui manqua. « Pendant que, dans un coin, le petit Harry Vardon Sturgis joue avec le petit J. H. Taylor Sturgis. Et, partout dans la pièce — lisant, s'affairant à des tâches enfantines —, les petits George Duncan Sturgis, Abe Mitchell Sturgis, Harold Hilton Sturgis, Edward Ray Sturgis, Horace Hutchinson Sturgis, et le petit James Braid Sturgis.

— Mon garçon ! Mon garçon !

— Qu'y a-t-il ?

— N'est-ce pas vous attribuer une progéniture un peu trop nombreuse ? »

Il secoua la tête d'un air morose.

« Ah, bon ? répondit-il d'un air morne. Je ne sais pas. Quel est le bogey* ? »

Il y eut un silence.

« Et pourtant... », dit-il enfin, à voix basse. Il s'arrêta. Une lueur étrange, brillante, s'était allumée dans ses yeux. Il parut soudain redevenir lui-même, le vieux Mortimer Sturgis heureux que je connaissais si bien. « Et pourtant, qui sait ? Peut-être est-ce mieux ainsi. Ils seraient peut-être tous devenus des joueurs de tennis ! » Il brandit de nouveau son niblick, le visage rayonnant. « Allons jouer le treizième ! s'exclama-t-il. Je pense que ce qu'il faudrait, maintenant, c'est faire un chip* pour franchir la porte, puis contourner le club-house jusqu'au green, n'est-ce pas ? »

Il ne me reste plus grand-chose à dire. Betty et Eddie sont mariés, et heureux, depuis des années. Le handicap de Mortimer est descendu à dix-huit et il ne cesse de s'améliorer. Il n'a pas assisté au mariage, car il était engagé dans une partie par coups ; mais, si vous retrouvez la liste des cadeaux, qui étaient à la fois nombreux et coûteux, vous verrez — quelque part, au milieu de la colonne, ceci :

STURGIS, J. MORTIMER.
Deux douzaines de balles de golf Silver King et un putting-cleek breveté Sturgis en aluminium, à réglage et compensation automatiques.

L'épreuve par le golf

Une brise agréable jouait parmi les arbres, sur la terrasse qui surplombe le Marvis Bay Golf and Country Club. Elle froissait les feuilles et rafraîchissait le front du Doyen qui, comme chaque dimanche après-midi, assis à l'ombre dans un rocking-chair, observait la jeune génération en train de hooker* et de slicer dans la vallée, à ses pieds. L'œil du Sage était pensif. Quand il plongeait dans le vôtre, vous y lisiez cette paix parfaite qui dépasse toute compréhension et n'arrive à son maximum que chez l'homme qui a renoncé au golf.

Le Doyen ne jouait plus depuis que la balle au cœur de caoutchouc avait supplanté celle en pur gutta-percha, pleine de dignité. Mais en tant que spectateur, et philosophe, ce passe-temps lui apportait toujours du plaisir. Il y prêtait aujourd'hui un vif intérêt. Son regard, abandonnant la limonade qu'il aspirait avec une paille, se reposa sur la partie dominicale à deux contre deux dont les combattants étaient en train de remonter, en désordre, la colline jusqu'au neuvième green. Comme toutes celles du dimanche, cette partie connaissait bien des difficultés. L'un des patients zigzaguait sur le fairway comme un paquebot poursuivi par des sous-marins. Deux autres semblaient creuser à la recherche de quelque trésor enterré là, à moins — la scène était beaucoup trop éloignée pour qu'on en soit certain — qu'ils ne fussent en train de tuer des serpents. L'estropié restant, qui venait juste de rater un coup de mashie, en rejeta la faute sur son caddie. Sa voix monta clairement jusqu'au sommet de la colline, tandis qu'il reprochait au pauvre enfant innocent d'avoir respiré pendant son upswing.

Le Doyen soupira. Son soda émit un gargouillis de sympathie. Il le reposa sur la table.

Peu d'hommes, dit le Doyen, ont un vrai tempérament de golfeur ! À ce que je vois les dimanches après-midi, ils sont peu nombreux, vraiment, à posséder la moindre qualification pour ce sport, si ce n'est une culotte trop ample et assez d'argent pour pouvoir payer des verres à la fin de la partie.

Le golfeur idéal ne perd jamais son sang-froid. Quand je jouais, je ne le perdais jamais. Parfois, c'est vrai, ayant manqué un coup, il se peut que j'aie brisé mon club sur mon genou, mais je l'ai fait avec calme et sagesse, parce qu'il n'était visiblement pas de bonne qualité, et qu'en tout cas, j'allais en prendre un autre. Perdre son sang-froid, cela ne vous apporte rien, pas même un soulagement. Prenez exemple sur Marc Aurèle. « Quoi que ce soit qui t'arrive, dit ce grand homme dans ses *Pensées*, cela t'était préparé de toute éternité. Il n'arrive à personne rien qu'il ne soit naturellement à même de supporter[1]. » J'aime à croire que cette noble pensée lui est venue après qu'il eut slicé deux ou trois balles neuves dans les bois, et qu'il l'a notée au dos de sa carte du parcours. Car il n'y a pas de doute, cet homme était un golfeur, et un mauvais. Aucun homme qui n'a pas eu un putt court arrêté au bord du trou n'aurait pu écrire ces paroles : « Ce qui ne rend pas l'homme plus mauvais ne rend pas non plus sa vie plus mauvaise et ne peut lui nuire, ni au-dehors, ni au-dedans[2]. » Oui, Marc Aurèle jouait sans doute au golf, et toutes ses paroles semblent indiquer

---

1. Successivement : livre X, pensée 5, p. 75, et livre V, pensée 18, p. 78 dans *Pensées*, Folio 2 € n° 4552 et n° 4447.
2. Livre IV, pensée 8, p. 51 (*Pensées*, Folio 2 € n° 4447).

qu'il faisait rarement le parcours en moins de cent vingt. Le niblick était son club.

Parler de Marc Aurèle et du tempérament du golfeur me remet en mémoire le cas du jeune Mitchell Holmes. Quand je l'ai rencontré pour la première fois, ce garçon avait beaucoup d'avenir dans la Paterson Dyeing and Refining Company dont mon vieil ami, Alexander Paterson, était le président. Mitchell possédait beaucoup de qualités attachantes, parmi lesquelles une capacité indéniable à imiter un bulldog se querellant avec un pékinois — il fallait entendre cela pour le croire. C'était un don qui lui valait beaucoup d'invitations aux réunions informelles du voisinage, et qui le démarquait des autres jeunes gens, uniquement capables de jouer de la mandoline ou de réciter des fragments de *Gunga Din*[3] ; c'est sans doute ce talent qui sema les graines de l'amour dans le cœur de Millicent Boyd. Les femmes ne peuvent s'empêcher d'adorer les héros, aussi quand une jeune fille au cœur chaud comme Millicent entend un jeune homme de belle prestance imiter un bulldog et un pékinois sous les applaudissements d'un

3. Poème de Rudyard Kipling (in *Barrack-Room Ballads*, 1892) consacré à un fidèle porteur indien tué par ses compatriotes tandis qu'il soignait son maître, un soldat anglais qui l'avait souvent fouetté.

salon bondé, et détecte le moment exact où le pékinois s'arrête et où le bulldog commence, elle ne peut plus jamais considérer les autres hommes du même œil. Bref, Mitchell et Millicent se fiancèrent, attendant seulement pour se marier que le premier morde l'oreille de la Dyeing and Refining Company afin d'en obtenir une petite augmentation.

Mitchell Holmes n'avait qu'un seul défaut. Il se mettait en colère lorsqu'il jouait au golf. Il faisait rarement une partie sans s'énerver, se mettre en rogne, ou — la plupart du temps — éprouver un certain dépit. Les caddies de nos links, disait-on, l'emportaient toujours sur les autres petits garçons, dans les joutes verbales, en leur lançant les injures que Mitchell adressait à sa balle lorsqu'il la dénichait d'un mauvais lie*. Il possédait un vocabulaire étendu et l'utilisait généreusement. Je lui reconnais pourtant des excuses. Bien qu'il ait l'étoffe d'un brillant golfeur, un mélange de guigne et de jeu inégal le dépouillait invariablement des fruits de son talent. C'était le genre de joueur qui fait les deux premiers trous en un de moins que le bogey, puis prend un onze au troisième. Sur le terrain, la moindre chose le perturbait. Il ratait des putts courts à cause du vacarme que faisaient les papillons dans les prairies avoisinantes.

On avait du mal à croire que cet unique défaut

d'une personnalité par ailleurs admirable n'ait jamais affecté gravement son travail ou sa vie professionnelle, mais c'était pourtant le cas. Un soir que j'étais assis dans mon jardin, on m'annonça Alexander Paterson. Un coup d'œil jeté sur son visage m'apprit qu'il venait me demander mon avis. À tort ou à raison, il m'estimait capable de lui donner de bons conseils. J'avais changé tout le courant de son existence en lui recommandant de laisser le bois* dans son sac et de prendre un fer* au départ du tee ; et je l'avais aidé à résoudre un ou deux autres problèmes, comme le choix d'un putter (tellement plus important que le choix d'une épouse).

Alexander s'assit et s'éventa avec son chapeau, car la soirée était chaude. Son beau visage mâle irradiait la perplexité.

« Je ne sais pas quoi faire, dit-il.

— Gardez la tête immobile — ralentissez votre backswing —, ne serrez pas trop fort votre club », répondis-je gravement. Il n'y a pas de meilleure règle pour mener une vie heureuse et couronnée de succès.

« Cette fois, cela n'a rien à voir avec le golf, dit-il. Il s'agit du poste de chef comptable de mon entreprise. Le vieux Smithers prend sa retraite la semaine prochaine et il faut que je lui trouve un remplaçant.

— Ce devrait être facile. Vous n'avez qu'à choisir le plus méritant de vos autres employés.

— Mais lequel l'est ? C'est ça, le problème. Nous avons deux hommes capables d'accomplir très bien le travail. Mais je m'aperçois que je sais peu de chose sur leur véritable caractère. Vous comprenez, il s'agit de la comptabilité. Un employé qui a donné satisfaction à un autre poste peut facilement entretenir de mauvaises idées en devenant comptable. Il devra manipuler de grosses sommes. En d'autres mots, un homme qui, dans des circonstances ordinaires, n'a jamais pris conscience qu'il pouvait avoir envie de visiter les plus lointaines régions d'Amérique latine peut en éprouver l'ardent désir peu après être devenu comptable. C'est là que le bât blesse. Bien entendu, on court toujours un gros risque en ce qui concerne ce genre de poste ; mais comment puis-je savoir avec lequel de ces deux hommes j'aurai le plus de chances de garder mon argent ? »

Je n'hésitai pas un seul instant. J'avais des idées bien arrêtées sur la façon de tester un caractère.

« Pour découvrir le vrai tempérament d'un homme, dis-je à Alexander, il suffit de jouer au golf avec lui. Dans aucune autre situation sociale, le sabot fourchu ne se révélera aussi rapidement. J'ai employé un homme de loi durant des années, jusqu'au jour où je l'ai vu sortir à coups de pied sa balle d'une empreinte de talon. Le lendemain matin, je lui ôtai le droit de représenter mon entreprise. Il ne s'est pas encore enfui avec des fonds en fidéicommis, mais une vilaine lueur brille par moments dans son œil, et je suis convaincu que ce n'est plus qu'une question de temps. Le golf, mon cher ami, est une épreuve infaillible. L'homme qui, pénétrant seul dans une parcelle du rough et sachant qu'il n'est que sous le regard de Dieu, joue sa balle là où elle s'est arrêtée, vous servira bien et fidèlement. Celui qui peut sourire bravement quand son putt est dévié par l'une de ces répugnantes déjections de ver sera, pour vous, de l'or pur. Mais l'homme qui, sur les links, se hâte, se tient en équilibre instable, se montre violent, déploiera les mêmes qualités dans le champ plus étendu de la vie quotidienne. Vous ne voulez pas d'un comptable instable, n'est-ce pas ?

— Pas si ses livres de comptes peuvent fournir des motifs de plaintes.

— Ils le feront sûrement. Les statisticiens estiment que la moyenne de la délinquance est plus basse parmi les bons golfeurs que dans toute autre classe sociale, sauf peut-être les évêques. Depuis que Willie Park a gagné le premier championnat à Prestwick, en 1860, je crois qu'aucun champion de l'Open n'a passé un seul jour en prison. Alors que les mauvais golfeurs — et par mauvais, je n'entends pas les incompétents, mais les âmes noires —, les hommes qui se gardent de compter un coup lorsqu'ils font un air-shot*, les hommes qui ne remettent jamais en place une motte de gazon, les hommes qui parlent pendant que leur adversaire est en train de driver, et les hommes qui ne maîtrisent pas leur colère — ceux-là entrent et sortent sans arrêt de Wormwood Scrubs[4]. Ils trouvent que cela ne vaut pas la peine de se faire couper les cheveux durant leurs brefs moments de liberté. »

Alexander était visiblement impressionné.

« Par saint George, cela me semble tout à fait raisonnable ! s'exclama-t-il.

— Ça l'est.

— Je vais faire cela ! Vraiment, je ne vois aucun autre moyen de choisir entre Holmes et Dixon ! »

Je sursautai.

« Holmes ? Pas Mitchell Holmes ?

— Si. Bien sûr, vous devez le connaître ? Il habite ici, je crois.

— Et par Dixon, vous voulez dire Rupert Dixon ?

— Lui-même. Un autre de vos voisins. »

J'avoue que mon cœur se serra. C'était comme

---

4. Vieille prison des quartiers ouest de Londres, encore en service.

si ma balle était tombée dans le trou creusé par mon niblick. Je me reprochai de ne pas avoir attendu de connaître les noms des deux rivaux avant d'exposer mon plan. J'aimais énormément Mitchell Holmes et la jeune fille qu'il avait promis d'épouser. Et j'avais souvent prêté une oreille pleine de sympathie à ses espoirs d'obtenir un jour une augmentation de salaire afin de pouvoir se marier. Je ne sais pourquoi, il ne m'était pas venu à l'idée, pendant qu'Alexander parlait, que le jeune Holmes puisse être sur les rangs pour un poste aussi important que chef comptable. J'avais ruiné les chances de ce garçon. Une épreuve par le golf était la seule qu'il ne pouvait remporter avec succès. Il ne faudrait pas moins d'un miracle pour l'empêcher de perdre son sang-froid et j'avais expressément averti Alexander contre un homme tel que lui.

En pensant à son rival, mon cœur se serra encore plus. Rupert Dixon était un jeune homme plutôt déplaisant, mais le pire de ses ennemis n'aurait pu l'accuser de ne pas posséder un tempérament de golfeur. Du drive de départ à l'entrée de la balle dans le trou du putt final, il restait constamment suave.

Quand Alexander fut parti, je restai un certain temps plongé dans mes pensées. Je me trouvais devant un problème. À proprement parler, je n'avais sans doute pas le droit de prendre parti et, bien qu'il ne m'ait pas enjoint de garder le secret, je savais fort bien qu'Alexander croyait que je garderais cette information pour moi et ne révélerais à aucun des deux hommes le test qui les attendait. Chaque candidat devrait ignorer qu'il prenait part à bien plus qu'un jeu amical.

Mais en pensant au jeune couple dont l'avenir dépendait de cette épreuve, je n'hésitai plus. Je coiffai mon chapeau et me rendis chez Mlle Boyd où, je le savais, Mitchell devait être à cette heure.

Le jeune couple se tenait sur le porche et contemplait la lune. Ils m'accueillirent chaleureusement, pourtant leur cordialité sonnait un peu faux ; je voyais bien qu'ils me considéraient comme un importun. Mais lorsque je leur racontai mon histoire, leur attitude changea. Ils commencèrent à voir en moi, sous une lumière plus plaisante, un ange gardien, un philosophe et un ami.

« Où est-ce que M. Paterson est allé chercher une idée aussi stupide ! » s'exclama Mlle Boyd, indignée. J'avais — pour les motifs les plus louables — dissimulé la source de ce plan. « C'est ridicule !

— Oh, je ne sais pas, dit Mitchell. Le cher vieux est fou de golf. C'est tout à fait le genre de plan qu'il concocterait. Eh bien, ça flanque tout par terre !

— Oh, allons !

— Cela ne sert à rien de dire : "Oh, allons !" Vous savez parfaitement bien qu'au golf, j'ai mon franc-parler, je ne mâche pas mes mots. Quand ma balle part nord-nord-est alors que je veux qu'elle aille plein ouest, je ne peux m'empêcher d'exprimer mon opinion. C'est un curieux phénomène qui appelle un commentaire, et j'en délivre un. De même, lorsque je tope* mon drive, il faut que je le déclare publiquement en expliquant que je ne l'ai pas fait intentionnellement. Et ce sont justement ces bagatelles-là qui, si j'ai bien compris, vont décider de la chose.

— Mitchell, mon chéri, ne peux-tu apprendre à te contrôler sur le terrain ? demanda Millicent. Après tout, le golf n'est qu'un jeu ! »

Le regard de Mitchell croisa le mien et je suis certain que le mien exprimait la même horreur que je lus dans le sien. Les femmes disent ces choses-là sans réfléchir. Cela ne signifie pas qu'il y ait quelque anomalie dans leur caractère. Simplement, elles ne se rendent pas compte de ce qu'elles disent.

« Chut ! dit Mitchell d'une voix rauque en lui tapotant la main et en dissimulant son émotion avec beaucoup d'efforts. Chut, ma chérie ! »

Deux ou trois jours plus tard, je rencontrai Millicent qui revenait du bureau de poste. Ses yeux luisaient de bonheur et son visage rayonnait.

« Une chose magnifique est arrivée, me dit-elle. L'autre soir, après que Mitchell fut parti, il se trouve que j'ai feuilleté un magazine et je suis tombée sur une publicité merveilleuse. Elle commençait par expliquer que tous les grands hommes de l'histoire devaient leur succès à la maîtrise qu'ils pouvaient exercer sur eux-mêmes, et que Napoléon ne serait arrivé à rien s'il n'avait dompté sa féroce nature, et puis elle disait que nous pouvions tous être comme Napoléon si nous remplissions le formulaire de commande ci-joint du merveilleux ouvrage du professeur Orlando Rollitt : *Êtes-vous maître de vous ?* — consultation gratuite durant cinq jours, puis paiement de sept shillings — mais il faut répondre tout de suite parce que la demande est énorme et que, bientôt, il sera trop tard. J'ai aussitôt écrit, et heureusement, je l'ai fait à temps car le professeur Rollitt avait encore un exemplaire, et il vient d'arriver. Je l'ai parcouru et il me paraît splendide. »

Elle me tendit un petit volume. Je l'ouvris. Il y avait, en frontispice, une photographie dédicacée du professeur Orlando Rollitt en train de se contrôler lui-même en dépit de ses longs favoris blancs, suivie d'un peu de texte imprimé entre deux gran-

des marges. Un seul coup d'œil m'apprit les métho-
des du professeur. Pour être bref, disons qu'il avait
simplement piqué le meilleur de Marc Aurèle
dont le copyright a expiré il y a quelque deux
mille ans — en le présentant comme son œuvre.
Je n'en dis rien à Millicent. Cela ne me regardait
pas. Sans doute, tout obscure qu'en fût la néces-
sité, il fallait bien que le professeur Rollitt vive.

« Je vais obliger Mitchell à le commencer
aujourd'hui. Vous ne trouvez pas que c'est bien,
ça : "Tu vois combien sont rares les choses dont
on peut dire que l'homme qui en dispose jouira
d'une vie douce et divine" ? Je pense que ce serait
merveilleux si Mitchell jouissait d'une vie douce
et divine pour sept shillings, n'est-ce pas ? »

Ce soir-là, au club-house, je rencontrai Rupert
Dixon. Il émergeait de la douche et semblait,
comme à l'ordinaire, content de lui.

« Je viens de faire une partie avec le vieux Paterson, dit-il. Il a demandé de vos nouvelles. Il est
reparti en ville dans sa voiture. »

J'étais électrisé. Alors, l'épreuve avait commencé !

« Comment vous en êtes-vous tiré ? » demandai-
je.

Rupert Dixon sourit d'un air satisfait. Un
homme plein de suffisance, drapé dans une ser-

viette de bain, une mèche de cheveux mouillés sur l'œil, constitue une vision répugnante.

« Oh, joliment bien. J'ai gagné en six et cinq. Malgré une malchance pernicieuse. »

À ces derniers mots, j'éprouvai une lueur d'espoir.

« Oh, vous avez eu de la malchance ?

— La pire de toutes. J'ai dépassé le green du troisième avec le meilleur coup de brassie* que j'aie jamais fait de ma vie — et ce n'est pas peu dire — et perdu ma balle dans le rough.

— Je suppose que vous vous êtes laissé aller, hein ?

— Laissé aller ?

— Je suppose que vous avez fait une scène ?

— Oh, non. Perdre son calme ne vous mène nulle part, au golf. Cela ne fait que gâcher le coup suivant. »

Je partis le cœur lourd. Dixon s'était clairement sorti de l'épreuve aussi bien qu'un homme le puisse. Je m'attendais, chaque jour, à apprendre que le poste de chef comptable n'était plus vacant et que Mitchell n'avait même pas été convoqué pour passer son épreuve. Cependant, je suppose qu'Alexander Paterson sentit qu'il serait injuste de ne pas donner sa chance à l'autre candidat, car j'entendis reparler de l'affaire lorsque Mitchell Holmes me téléphona, le vendredi suivant, pour me demander si je voulais bien l'accompagner sur les links le lendemain, pour sa partie avec Alexander, et lui apporter mon soutien moral.

« Je vais en avoir besoin, dit-il. Inutile de vous dire que je me sens joliment inquiet. J'aurais bien voulu avoir plus de temps pour posséder pleinement ce truc, *Êtes-vous maître de vous ?* Bien sûr, je peux voir que c'est du vrai tabasco, du début à la fin, absolument comme ma mère le fait, mais l'ennui c'est que je n'ai plus que quelques heures pour l'assimiler. C'est comme essayer de réparer un moteur de voiture avec une ficelle. On ne sait jamais quand elle cassera. Dieu sait ce qui va se passer si j'envoie ma balle dans le trou d'eau. Et quelque chose semble me dire que je vais le faire. »

Le silence régna un moment.

« Croyez-vous aux rêves ? demanda Mitchell.

— Croire à quoi ?

— Aux rêves.

— Pourquoi les rêves ?

— Je vous ai demandé "Croyez-vous aux rêves ?" parce que, cette nuit, j'ai rêvé que je participais à la finale de l'Open et que j'étais dans le rough, qu'il y avait là une vache et qu'elle me regardait d'un air triste, et elle a dit : "Pourquoi ne mets-tu pas tes mains en V au lieu de les entrecroiser ?" Sur le moment, ça m'a semblé bizarre, mais depuis j'ai réfléchi, et je me demande s'il n'y a pas quelque chose à en tirer. Ces choses-là doivent nous être envoyées pour une raison quelconque.

— Vous ne pouvez pas changer votre grip le jour d'une compétition importante.

— Je suppose que non. En fait, je me sens un peu nerveux, sinon je n'en aurais pas parlé. Oh, bon ! À demain, quatorze heures. »

Il faisait beau, le soleil brillait, mais un vicieux vent de travers soufflait lorsque j'arrivai au club-house. Alexander Paterson était là, en train de faire des swings d'essai au premier tee, et presque aussitôt Mitchell Holmes se pointa, accompagné de Millicent.

« On ferait peut-être mieux de s'y mettre, dit Alexander. Aurai-je l'honneur ?

— Bien sûr », répliqua Mitchell.

Alexander plaça sa balle sur le tee.

Paterson a toujours été un joueur plus prudent qu'impétueux. C'est son habitude, une sorte de rituel, de faire deux swings d'échauffement, mesurés, avant d'adresser la balle, même sur le green. Quand il doit le faire, il frotte ses pieds sur le sol pendant un moment ou deux, puis s'arrête et scrute l'horizon d'un œil méfiant, comme s'il le soupçonnait de vouloir lui jouer un tour dès qu'il ne le regarderait plus. Une soigneuse inspection semble le convaincre de la *bona fides* de l'horizon, et il reporte son attention sur la balle. Il frotte de nouveau les pieds sur le sol, puis lève son club. Il balance trois fois celui-ci, avec élégance, au-dessus du tee, puis le repose derrière la balle. À cet instant, il regarde brusquement l'horizon, dans l'apparent espoir de le surprendre. Cela fait, il lève très lentement son club, le redescend tout aussi lentement jusqu'à ce qu'il touche presque la balle, le relève, le rabaisse, le lève une fois de plus et le redescend pour la troisième fois. Alors, il demeure immobile, plongé dans ses pensées, tel un fakir contemplant l'infini. Puis, il relève son club et le replace derrière le support du tee. Pour finir, il frissonne des pieds à la tête, ramène très lentement son club en arrière et envoie la balle à environ cent cinquante mètres, en droite ligne.

C'est une procédure qui s'avère parfois un peu exaspérante pour des gens impressionnables, et j'observais avec anxiété le visage de Mitchell afin de voir comment il y réagissait. Le malheureux garçon blêmit visiblement. Il se tourna vers moi avec une expression de souffrance.

« Agit-il toujours ainsi ? chuchota-t-il.

— Toujours, répliquai-je.

— Alors je suis fait ! Aucun être humain ne peut jouer au golf avec un type qui fait un tel cirque, sans se mettre en rogne ! »

Je ne dis rien. Ce n'était que trop vrai, je le craignais. Tout équilibré que je sois, j'avais depuis longtemps renoncé à jouer avec Alexander Paterson, malgré l'estime dans laquelle je le tenais. C'était cela ou renoncer à l'Église baptiste.

À ce moment, Millicent prit la parole. Elle tenait un livre ouvert. Je reconnus « l'œuvre de toute une vie » du professeur Rollitt.

« Réfléchis à cette doctrine, dit-elle de sa douce voix modulée, qu'être patient est un rameau de la justice, et que les hommes pèchent sans en avoir l'intention. »

Mitchell hocha brièvement la tête et marcha vers le tee d'un pas ferme.

« Avant de driver, chéri, poursuivit Millicent, souviens-toi de ceci. Qu'aucun de tes actes ne soit accompli par hasard, mais toujours selon les règles parfaites qui gouvernent son genre. »

L'instant d'après, la balle de Mitchell s'envola et vint se reposer deux cents mètres plus loin, sur le parcours. C'était un magnifique drive. Le jeune homme avait suivi à la lettre le conseil de Marc Aurèle.

Un admirable coup de fer l'amena à une proximité raisonnable du drapeau, et il fit le trou en un de moins que le bogey, grâce à l'un des plus beaux putts que j'aie jamais vus. Lorsqu'au trou suivant, le dangereux obstacle d'eau, sa balle monta en flèche au-dessus de la mare et se posa, saine et sauve, lui donnant le bogey pour ce trou, je commençai pour la première fois à respirer librement. Tout golfeur a son jour, et c'était manifestement celui de Mitchell. Il jouait impeccablement. S'il pouvait continuer dans cette veine, son défaut infortuné n'aurait aucune raison de se manifester.

Le troisième trou est long et délicat. Vous franchissez une ravine — ou peut-être, vous tombez dedans. Dans ce dernier cas, vous récitez tout bas une prière et vous réclamez votre niblick. Mais, une fois la ravine passée, rien ne vient plus troubler la sérénité du joueur. Le bogey est de cinq, et un bon drive, suivi d'un brassie, vous mettront à une distance mashie, aisée, du green.

Mitchell s'acquitta de la ravine par un coup de deux cent vingt mètres. Il revint vers moi sans hâte et regarda Alexander accomplir son rituel avec un sourire plein d'indulgence. Je savais comment il se sentait. Jamais le monde ne paraît si plaisant, si beau, et les points faibles de nos compagnons humains si peu irritants, que lorsque nous envoyons la balle pile dans le trou.

« Je ne vois pas pourquoi il se comporte comme cela, dit Mitchell en reluquant Alexander avec une tolérance qui frôlait presque l'affection. Si je faisais toute cette gymnastique suédoise avant de driver, j'oublierais pourquoi je suis sorti et je rentrerais chez moi. » Alexander mit fin à ses gesticulations et atterrit à tout juste trois mètres de l'autre bord de la ravine. « C'est ce qu'on appelle un joueur régulier. Il ne varie jamais ! »

Mitchell gagna le trou sans se presser. Au quatrième tee, il y eut, dans son stance, une désinvolture qui me donna un peu d'inquiétude. Trop de confiance en soi, au golf, c'est presque aussi dangereux que de se montrer timoré.

Mon appréhension était justifiée. Mitchell topa sa balle. Elle s'enfonça de vingt mètres dans le rough et se nicha sous la feuille d'une patience. Il ouvrit la bouche, puis la referma soudain. Il vint nous rejoindre, Millicent et moi.

« Je ne l'ai pas dit ! Qu'est-ce qui a bien pu se passer ?

— "Cherche les principes qui gouvernent les hommes, cita Millicent, et réfléchis aux sages, à ce qu'ils fuient et à quoi ils s'attachent."

— Exactement, dis-je. Vous avez oscillé.

— Et maintenant, je dois aller chercher cette satanée balle.

— Ce n'est pas grave, mon chéri, dit Millicent. Rien ne peut élargir l'esprit comme la capacité d'étudier systématiquement et fidèlement tout ce qui s'offre, dans la vie, à ton observation.

— En outre, dis-je, vous menez à trois.

— Pas après ce trou. »

Il avait raison. Alexander le gagna en cinq, un

de plus que le bogey, et regagna l'honneur de jouer le premier.

Mitchell était un peu secoué. Son jeu perdit sa vigueur insouciante du début. Il perdit le trou suivant, partagea le sixième avec son adversaire, perdit le septième, qui était court, puis partagea le huitième.

Le neuvième trou, comme tant d'autres sur les links, peut être un quatre parfaitement simple, quoique la nature vallonnée du green fasse toujours du bogey une prouesse un peu douteuse ; mais, d'autre part, si vous loupez votre drive, vous pouvez facilement accomplir des doubles figures. Le tee est du côté le plus éloigné de la mare, passé le pont, là où elle n'est pas plus large qu'un ru. Votre drive doit envoyer la balle par-dessus cette eau et un enchevêtrement d'arbres et de broussailles situé sur l'autre rive. Le fairway n'est qu'à environ soixante mètres, car l'obstacle naturel est purement mental ; et pourtant, combien de beaux espoirs ont chaviré là !

Alexander franchit aisément ces obstacles par son drive court et droit habituel, puis Mitchell s'avança vers le tee.

Je pense que l'idée de ne plus être le premier à jouer le minait. Il semblait nerveux. Son upswing manqua de fermeté et il oscilla visiblement d'avant en arrière. Il asséna un coup à la balle, la sliça, et elle alla heurter un arbre de l'autre côté de l'eau avant de tomber dans les hautes herbes. Nous traversâmes le pont pour la regarder ; et c'est alors que l'effet du professeur Rollitt commença vraiment à décroître.

« Bon sang, pourquoi est-ce qu'on ne fauche pas ces saletés de machins ! demanda Mitchell d'un ton grincheux en fouettant l'herbe avec son niblick.

— Il faut bien avoir du rough dans un parcours, avançai-je.

— "Tout ce qui arrive advient comme il se doit", cita Millicent. Tu découvriras cette vérité si tu y veilles attentivement.

— C'est très bien, dit Mitchell en regardant de près une touffe d'herbe, mais il ne semblait pas convaincu. Je crois que le Comité des Greens gère ce satané club purement dans l'intérêt des caddies. Je crois qu'ils encouragent les balles perdues, et se partagent les bénéfices avec ces petits salopards quand ceux-ci les trouvent et les vendent ! »

Millicent et moi échangeâmes un regard. Il y avait des larmes dans les yeux de la jeune fille.

« Oh, Mitchell ! Souviens-toi de Napoléon !

— Napoléon ! Qu'est-ce que Napoléon vient fiche là-dedans ! On n'a jamais demandé à Napoléon de driver dans une forêt vierge. En outre, qu'est-ce que Napoléon a jamais réalisé ? Où Napoléon a-t-il fini, à force de se pavaner partout comme s'il avait accompli quelque chose ? Pauvre type ! Tout ce qu'il a jamais réussi, ça a été de se faire battre à plate couture à Waterloo ! »

Alexander nous rejoignit. Il avait marché jusqu'à l'endroit où reposait sa balle.

« Pouvez pas la retrouver, hein ? Sale bout de rough, ce truc !

— Oui, je n'y arrive pas. Mais demain un misérable reptile de caddie simplet au menton fuyant, aux yeux exorbités, aux huit cent trente-sept boutons d'acné, la trouvera et la vendra six pence à quelqu'un ! Non, c'était une balle toute neuve. Il en tirera probablement un shilling. Ça fera six pence pour lui et six pence pour le Comité des Greens. Pas étonnant qu'ils achètent des voitures plus que les fabricants ne peuvent leur en fournir. Pas étonnant qu'on voie leurs épouses se promener avec des manteaux de vison et des colliers de perles. Oh, bon sang ! Je vais en lancer une autre !

— Dans ce cas, il est bien entendu, fit remarquer Alexander, que, selon les règles du match-play*, vous perdrez le trou.

— Alors, d'accord. Je vous abandonne le trou.

— Ce qui, je pense, fait de moi le gagnant sur le premier parcours de neuf trous. Excellent ! Une partie très agréable.

— Agréable ! En y réfléchissant, je ne crois pas que le Comité des Greens laisse aux misérables caddies une partie du butin. Ils attendent derrière les arbres que le marché soit conclu, puis ils en sortent en douce et les délestent ! »

Je vis qu'Alexander haussait les sourcils. Il remonta la colline avec moi jusqu'au tee suivant.

« Ce jeune Holmes est plutôt soupe au lait ! dit-il d'un air pensif. Je n'aurais pas soupçonné cela de lui. Ce qui montre combien on sait peu de chose sur un homme que l'on ne rencontre que durant les heures de travail. »

Je tentai de défendre le pauvre garçon.

« Il a un excellent cœur, Alexander. Mais — nous sommes de si vieux amis que vous me pardonnerez ce que je vais vous dire — le fait est que votre style lui tape un peu sur les nerfs, j'imagine.

— Mon style ? Qu'est-ce qu'il a, mon style ?

— Rien de mal, mais, pour un esprit jeune et ardent, cela peut être un petit peu perturbant de regarder un homme jouer aussi lentement que vous le faites. Écoutez, Alexander, et je vous parle en ami, vous est-il nécessaire de faire deux swings d'essai avant de putter ?

— Mon Dieu ! Vraiment ! Vous voulez dire que cela le perturbe ? Eh bien, j'ai peur d'être trop vieux pour changer de méthode. »

Je n'avais rien d'autre à ajouter.

Lorsque nous atteignîmes le dixième tee, je vis que nous aurions quelques minutes à attendre.

Soudain, je sentis une main se poser sur mon bras. Millicent m'avait rejoint et l'abattement était peint sur son visage. Alexander et le jeune Mitchell se trouvaient à quelque distance de nous.

« Mitchell ne veut plus que je reste à côté de lui, dit-elle d'un ton découragé. Il dit que je le rends nerveux. »

Je secouai la tête.

« C'est très ennuyeux ! Je comptais sur vous pour le calmer.

— Je croyais pouvoir le faire, moi aussi. Mais Mitchell dit que non. Il prétend que ma présence l'empêche de se concentrer.

— Alors peut-être vaudrait-il mieux que vous alliez nous attendre au club-house. Je crains que les choses ne tournent mal. »

Un sanglot étouffé échappa à la malheureuse jeune fille.

« Moi aussi j'en ai peur. Il y a un pommier, près du treizième trou, et le caddie de Mitchell va sûrement se mettre à manger des pommes. Je pense à ce que Mitchell fera lorsqu'il l'entendra croquer au moment d'adresser la balle.

— Oui.

— Notre seul espoir est ceci, dit-elle en me tendant l'ouvrage du professeur Rollitt. Voudriez-vous, je vous en prie, lui lire des extraits lorsque vous le verrez s'énerver ? Nous avons parcouru le livre hier soir et marqué au crayon bleu tous les passages qui pourraient l'aider. Il y a des notes, écrites dans la marge, sur le moment auquel on peut les utiliser. »

C'était une bien petite faveur qu'elle me demandait là. Je le pris et lui serrai la main en silence. Puis je rejoignis Alexander et Mitchell au dixième tee. Mon jeune ami continuait à proférer des suppositions infamantes concernant le Comité des Greens.

« Le suivant, disait-il, était auparavant un trou court. Il n'y avait guère de chances d'y perdre une balle. Mais un jour, l'épouse d'un membre du Comité vint à mentionner que leur bébé avait besoin de chaussures neuves, aussi y ont-ils ajouté cent cinquante mètres. Il faut driver par-dessus le sommet d'une colline, et si vous slicez d'un huitième de pouce, vous vous retrouvez dans une espèce de no man's land plein de rochers, de fourrés, de crevasses, de vieux pots et de vieilles casseroles. Les membres du Comité des Greens y passent pratiquement l'été. On les voit rôder là en bandes, s'encourageant l'un l'autre par des cris joyeux à remplir leurs sacs. Eh bien, aujourd'hui, je vais les rouler. Je vais jouer en premier une vieille balle qui ne tient plus qu'à un fil. Elle tombera en pièces quand ils la ramasseront ! »

Le golf, cependant, est un curieux sport — sujet

aux fluctuations. On aurait pu supposer qu'étant donné son état d'esprit, il ne pourrait arriver que des malheurs à Mitchell. Mais au début du second neuf-trous, il retrouva une fois de plus sa forme habituelle. Un drive parfait le mit en position d'atteindre le dixième green d'un coup de fer et, bien que la balle fût à plusieurs mètres du trou, il la plaça bien dès son putt d'approche, et son second coup la mit dans le trou moyennant un bogey de quatre. Alexander ne remporta qu'un cinq, si bien qu'ils se retrouvèrent de nouveau à égalité.

Le onzième, sujet de la récente critique de Mitchell, est assurément un trou retors, et il est vrai qu'un slice met le joueur dans une situation extrêmement difficile. Aujourd'hui, cependant, les deux hommes gardèrent leurs drives droits et n'éprouvèrent aucun mal à obtenir chacun un quatre.

« Si cela continue comme cela, dit Mitchell, rayonnant, le Comité des Greens devra abandonner la piraterie et se remettre au travail. »

Le douzième est un long dog-leg*, bogey cinq. Alexander négocia péniblement mais fermement le tournant, mit sa balle dans le trou en six, et Mitchell, que son second coup amena dans de hautes herbes, dut utiliser son niblick. Pourtant, il réussit à partager le trou avec son adversaire grâce à un coup de mashie joliment mesuré qui l'envoya au bord du green.

Alexander gagna le treizième. C'est un trou de trois cent soixante mètres, libre d'obstacles. Il lui fallut trois coups pour atteindre le green, mais le troisième amena sa balle dans le mille ; alors qu'il fallut trois putts à Mitchell, arrivé en deux.

« Cela me rappelle une histoire que j'ai entendue, dit Alexander en veine de bavardage. Un ami crie à un débutant : "Ça marche ?" et le débutant répond : "Merveilleusement. Je viens de faire trois putts parfaits sur le dernier green !" »

Cela ne parut pas amuser Mitchell. J'observais son visage avec inquiétude. Il n'avait émis aucune remarque, mais le putt raté qui aurait dû sauver le trou avait été très court et je craignais le pire. Il semblait maussade tandis que nous avancions vers le quatorzième tee.

Il y a peu d'endroits plus pittoresques dans toute la campagne que le voisinage du quatorzième tee. C'est une vue qui charme le cœur d'un amoureux de la nature.

Mais, si le golf a un défaut, c'est d'empêcher un homme d'être un amoureux inconditionnel de la nature. Là où le profane voit une pelouse ondoyante et de romantiques enchevêtrements de broussailles, votre golfeur ne contemple rien qu'une vilaine parcelle de rough dont il doit détourner sa balle. Les cris des oiseaux tournoyant dans le ciel ne sont, pour le golfeur, qu'une chose qui peut le distraire de son putt. En tant que spectateur, j'aime la ravine qui bâille au bas de la pente. Elle plaît à l'œil. Mais, en tant que golfeur, je l'ai fréquemment trouvée excessivement démoniaque.

Le dernier trou avait redonné la première place à Alexander. Son drive fut encore plus mûrement réfléchi qu'auparavant. Pendant une demi-minute, il resta sur sa balle, à la tapoter de son club comme un chat étudiant une tortue. Pour finir, il l'expédia dans l'un des endroits les plus sûrs du versant de la colline. Le drive permettant de quitter ce tee doit être soigneusement calculé car, s'il est trop droit, la balle se retrouvera sur la pente et roulera dans la ravine.

Mitchell vit la balle. Il leva son club et alors, juste derrière lui, retentit soudain un fort bruit de dents croquant quelque chose. Je lançai un bref coup d'œil dans cette direction. Le caddie de Mitchell, le regard vague, était en train de mordre dans une grosse pomme. Et au moment même où je lançais une prière silencieuse, le driver s'abattit et la balle, effectuant un terrible slice, frappa le versant de la colline et rebondit dans la ravine.

Il y eut un silence — un silence durant lequel le monde s'arrêta de tourner. Mitchell lâcha son club et se retourna. Son visage se crispa horriblement.

« Mitchell ! criai-je. Mon garçon ! Réfléchissez ! Restez calme !

— Calme ! Comment rester calme quand des gens croquent des pommes par milliers tout autour de vous ! N'importe comment, qu'est-ce que *c'est* ? Une partie de golf ou une agréable excursion organisée pour la progéniture des pauvres ? Des pommes ! Vas-y, mon garçon, croque un autre morceau. Manges-en plusieurs. Régale-toi ! Peu importe si cela semble me causer une gêne passagère. Continue ton repas ! Tu n'as probablement pris qu'un petit déjeuner trop léger, hein, et tu as un petit creux ? Si tu veux bien attendre ici, je vais courir jusqu'au club-house te chercher un sandwich et une bouteille de limonade au gingembre. Fais comme chez toi, aimable petit ! Assieds-toi et prends du bon temps ! »

Je feuilletais fiévreusement le livre du professeur Rollitt. Je n'arrivais pas à trouver un passage marqué au crayon bleu qui réponde à cette situation critique. J'en choisis un au hasard.

« Mitchell, dis-je, écoutez. Combien de temps il gagne, celui qui ne cherche pas à voir ce que fait ou dit son voisin, mais seulement veille à ce qu'il fait lui-même, afin que cet acte soit juste et saint.

— Eh bien, regardez ce que moi, j'ai fait ! Je suis quelque part au fond de cette satanée ravine et il va me falloir une douzaine de coups pour en

sortir. Vous appelez cela un acte juste et saint ?
Allons, donnez-moi ce bouquin ! »

Il m'arracha le livre des mains. Un instant, il
le contempla avec une curieuse expression de
dégoût, puis le déposa doucement sur le sol et
sauta dessus plusieurs fois. Puis il le frappa de son
club. Pour finir, comme s'il sentait que le temps
des demi-mesures était passé, il prit son élan et
l'envoya d'un grand coup de pied dans les hautes
herbes.

Il se tourna vers Alexander, spectateur impassi-
ble de cette scène.

« C'est terminé ! dit-il. Je m'avoue vaincu. Au
revoir. Vous me retrouverez dans la baie !

— Vous allez nager ?

— Non. Me noyer. »

Un doux sourire éclaira alors le visage habituel-
lement grave de mon vieil ami. Il tapota affectueu-
sement Mitchell sur l'épaule.

« Ne faites pas cela, mon ami. J'espérais que vous
resteriez un peu chez nous, en tant que chef
comptable de la société. »

Mitchell chancela. Il s'accrocha à mon bras
pour ne pas tomber. Tout était très silencieux. Rien
ne venait rompre le silence, sauf le bourdonnement
des abeilles, le murmure de lointaines vaguelettes,
et le bruit du caddie de Mitchell qui continuait à
croquer sa pomme.

« Quoi ! s'exclama Mitchell.

— Le poste va se retrouver bientôt vacant, comme vous le savez sans doute. Il est à vous, si vous voulez bien l'accepter.

— Vous voulez dire… vous voulez dire… que vous allez me confier ce travail ?

— Vous avez très bien interprété mes paroles. »

Mitchell déglutit. Le caddie aussi. L'un pour une raison spirituelle, l'autre pour une raison matérielle.

« Si vous voulez bien m'excuser, dit Mitchell d'une voix rauque. Je pense que je vais retourner en vitesse au club-house. Il y a quelqu'un qu'il faut que je voie. »

Il disparut entre les arbres, courant de toutes ses forces. Je me tournai vers Alexander.

« Qu'est-ce que cela signifie ? demandai-je. Je suis ravi, mais qu'en est-il de l'épreuve ? »

Mon vieil ami sourit gentiment.

« L'épreuve, répliqua-t-il, a été éminemment satisfaisante. Des circonstances m'ont peut-être poussé à en modifier la conception initiale, mais néanmoins, elle a été totalement concluante. Depuis que nous avons débuté, j'ai beaucoup réfléchi, et j'en suis venu à la conclusion suivante : ce dont Paterson Dyeing and Refining Company a vraiment besoin, c'est d'un chef comptable que je peux battre au golf. Et j'ai découvert l'homme idéal. Allons, poursuivit-il tandis qu'un saint enthousiasme se peignait sur son beau vieux visage, comprenez-vous que je pourrai toujours faire cracher le morceau à ce garçon, tout bon joueur qu'il est, en me donnant simplement un peu de mal ? Je pourrai toujours lui fiche la frousse en effectuant un ou deux swings d'essai de plus ! C'est le genre d'homme dont j'ai besoin, à un poste de responsabilité dans mon entreprise.

— Et Rupert Dixon ? » demandai-je.

Il eut un geste de dégoût.

« Je ne lui ferais pas confiance. Quand j'ai joué avec lui, tout allait de travers et il s'est contenté de sourire, sans dire un mot. On ne confie pas le contrôle de grosses sommes d'argent à un homme qui se comporte ainsi. On ne serait pas en sécurité. Voyons, ce type n'est pas honnête ! Il ne peut pas l'être. » Il se tut un moment. « En outre, ajouta-t-il d'un air pensif, il m'a battu par six à cinq. Est-ce qu'un bon comptable bat son patron par six à cinq ? »

L'avènement de Gaulf

PROLOGUE

Après que nous eûmes donné notre carte et attendu durant quelques heures dans l'antichambre, une cloche sonna et le majordome, écartant les inestimables rideaux, nous introduisit dans la pièce où le rédacteur en chef, assis à son bureau, était en train d'écrire. Nous avançâmes à quatre pattes en nous tapant révérencieusement la tête sur le tapis d'Aubusson.

« Eh bien ? dit-il enfin en posant son porte-plume incrusté de pierres précieuses.

— Nous sommes juste venus vous demander si nous pouvions vous déposer une nouvelle historique, avons-nous dit humblement.

— Le public n'a pas envie de nouvelles historiques, répondit-il froidement en se renfrognant.

— Ah, mais le public n'a pas lu l'une des nôtres ! »

Le rédacteur en chef introduisit une cigarette dans le fume-cigarette que lui présentait un monarque régnant, et l'alluma avec une allumette tirée d'une boîte en or, cadeau du président millionnaire de la Ligue Unifiée des Plombiers en Activité.

« Ce dont ce magazine a besoin, dit-il, c'est de trucs virils, dynamiques à cent pour cent, palpitant de chaleureux intérêts humains et contenant un fort et poignant ressort amoureux.

— Ça, c'est nous tout craché.

— Ce qu'il me faut, pour le moment, c'est une histoire de golf.

— Par une singulière coïncidence, la nôtre appartient à ce genre.

— Ah ! C'est vrai ? » Une petite lueur d'intérêt éclaira brièvement ses traits finement ciselés. « Alors laissez-la-moi. »

Il nous donna un coup de pied dans la figure et nous nous retirâmes.

LA NOUVELLE

Sur la vaste terrasse de son palais, dominant la belle étendue des Jardins royaux, Merolchazzar, souverain d'Oom, se tenait accoudé à la balustrade, le menton dans la main, un air soucieux peint sur son noble visage. Le temps était beau et une brise légère faisait monter jusqu'à ses narines le parfum des fleurs embaumantes. Mais cela aurait aussi bien pu être une odeur d'engrais, pour le peu de plaisir qu'il semblait en tirer.

Le roi Merolchazzar était amoureux, et sa demande en mariage ne prospérait pas. Cela suffit pour tracasser un homme.

À l'époque, on traitait les amours royales par correspondance. Un monarque qui avait entendu de bons rapports sur une princesse du voisinage envoyait à sa Cour des messagers porteurs de cadeaux afin de solliciter une audience. La Princesse choisissait la date, et une rencontre protocolaire avait lieu ; après quoi, généralement, tout vrombissait joliment comme sur des roulettes. Mais dans le cas de la cour que le roi Merolchazzar faisait à la Princesse des Îles extérieures, s'était élevé un regrettable petit problème. Elle l'avait remercié pour les cadeaux, disant que c'était justement ce qu'elle désirait et, comment avait-il deviné, ajoutant que, en ce qui concernait une rencontre, elle lui répondrait plus tard. Depuis ce jour, il n'avait pas reçu un seul mot d'elle, et la morosité régnait dans la capitale. Au Club des Courtisans, lieu de réunion de l'aristocratie d'Oom, on offrait ouvertement à cinq contre un, en *pazazas*, les chances de Merolchazzar, mais il n'y avait pas preneurs ;

pendant que dans les tavernes du bas peuple, où l'on tenait des paris moins conservateurs, on pouvait avoir un cent contre huit bien envoyé. « Car en vérité, écrit un chroniqueur de l'époque sur une demi-brique et deux pavés qui ont survécu jusqu'à nos jours, il commençait effectivement à apparaître que l'on avait tendu à notre bien-aimé monarque, fils du Soleil et neveu de la Lune, le fruit amer du citronnier. »

Le vieil idiome bizarre est presque intraduisible, mais on voit ce qu'il veut dire.

Tandis que le Roi embrassait sombrement du regard le jardin, son attention fut attirée par un petit homme barbu, aux sourcils broussailleux et au visage ridé comme une noix, qui se tenait non loin de là, dans une allée gravillonnée flanquée de rosiers. Durant quelques minutes, Merolchazzar le contempla en silence, puis il appela le Grand Vizir qui se trouvait au milieu d'un petit groupe de courtisans et de fonctionnaires royaux, à l'autre bout de la terrasse. Le barbu, apparemment inconscient du regard scrutateur du monarque, avait posé une pierre arrondie sur le gravier et faisait de curieuses passes au-dessus avec sa binette. C'était ce singulier comportement qui avait attiré l'attention du Roi. Au premier coup d'œil, cela pouvait sembler stupide, pourtant Merolchazzar éprouvait la curieuse impression qu'il y avait, derrière tout cela, une signification profonde, peut-être même sainte.

« C'est qui, cet individu ? demanda-t-il.

— L'un des jardiniers de Votre Majesté, répliqua le Vizir.

— Je ne me souviens pas de l'avoir jamais vu. Que savez-vous de lui ? »

Le Vizir avait bon cœur et il hésita un moment.

« Cela semble quelque peu injurieux de dire cela, Votre Majesté, mais c'est un Écossais. L'un des invincibles amiraux de Votre Majesté a récemment fait une incursion sur la côte inhospitalière de ce pays, en un lieu appelé S'nandrews par les indigènes, et en a ramené cet homme.

— Que croit-il faire ? demanda le Roi, tandis que le barbu levait lentement la binette au-dessus de son épaule droite, tout en pliant légèrement le genou gauche.

— C'est une espèce de cérémonie religieuse barbare, Votre Majesté. Selon l'amiral, les dunes du rivage où il a débarqué étaient couvertes d'une multitude d'hommes qui se comportaient en tout point comme cet homme. Ils tenaient des bâtons et frappaient de petits objets ronds avec. Et de temps à autre...

— Gâââre ! cria une voix bourrue venant d'en bas.

— Et de temps à autre, reprit le Vizir, ils profèrent l'étrange cri mélancolique que vous venez d'entendre. C'est une sorte de chant. »

Le Vizir s'interrompit. La binette s'était abattue sur la pierre, et celle-ci s'éleva en décrivant un gracieux arc de cercle, vola dans les airs et retomba à une trentaine de centimètres de l'endroit où se trouvait le Roi.

« Hé ! » s'exclama le Vizir.

L'homme leva les yeux.

« Il ne faut pas faire ça ! Vous avez failli frapper Sa Sereine Grâce, le Roi !

— Mouais ! » dit le barbu, avec nonchalance, et il se remit à brandir mystiquement sa binette au-dessus d'une autre pierre.

Une expression d'intérêt, presque d'excitation, se peignit sur le visage du Roi, marqué par le souci.

« Quel dieu essaie-t-il de se concilier par ces rites ? demanda-t-il.

— Cette déité, je l'ai appris de l'amiral de Votre Majesté, est appelée Gaulf.

— Gaulf ? Gaulf ? » Le roi Merolchazzar parcourut mentalement le rouleau portant tous les dieux d'Oom. Il y en avait soixante-sept, mais Gaulf n'y figurait pas. « C'est une étrange religion, murmura-t-il. Une étrange religion, vraiment. Mais, par Bélus, particulièrement attirante. J'ai une petite idée de ce que mon royaume pourrait faire d'une religion comme celle-là. Il y a de l'énergie là-dedans. Et quelque chose de presque fascinant, si vous voyez ce que je veux dire. À mon avis, cela ressemble extraordinairement à ce que le médecin de la Cour m'a ordonné. Je vais parler à ce type pour en apprendre plus sur ces saintes cérémonies. »

Et le Roi, suivi par le Vizir, pénétra dans le jardin. Ce dernier était maintenant en proie à une sorte d'appréhension. Il réfléchissait à l'effet que pourrait avoir sur le formidable parti de l'Église la conversion du Roi à une nouvelle religion. Il était certain que les prêtres seraient mécontents et, à l'époque, offenser le clergé était une affaire épineuse, même pour un monarque. Et si Merolchazzar avait un défaut, c'était une tendance à manquer quelque peu de tact dans ses rapports avec ce puissant corps. Il y avait seulement quelques matins de cela, le Grand Prêtre de Hec avait emmené le Vizir à l'écart pour se plaindre de la qualité de la viande que le Roi utilisait, dernièrement, pour ses sacrifices. C'était peut-être un enfant en ce qui concernait les questions matérielles, avait dit le Grand Prêtre, mais, si le Roi supposait que le haut clergé ne savait pas faire la différence entre le cheptel élevé ici et la viande congelée importée de l'étranger, il était temps de détromper Sa Majesté à ce sujet. Si, outre ces petites frictions, le roi Merolchazzar devenait un adepte de ce nouveau Gaulf, le Vizir ne voyait pas ce qui ne risquait pas de lui tomber dessus.

Le Roi, arrivé devant l'étranger barbu, l'observait attentivement. La seconde pierre vola comme une flèche jusqu'à la terrasse. Merolchazzar poussa un cri d'excitation. Ses yeux flamboyaient, et il respirait vite.

« Ça n'a pas l'air difficile, murmura-t-il.

— Ouh ! Ouh ! dit le barbu.

— Je crois que je pourrais le faire, poursuivit le Roi fébrilement. Par les huit dieux verts de la montagne, je crois que je le pourrais ! Par le feu sacré qui brûle nuit et jour devant l'autel de Bélus, je suis certain de pouvoir le faire ! Par Hec, je vais le faire ! Donnez-moi cette binette !

— Chanson ! » s'exclama le barbu.

Il sembla au Roi que ce type se moquait de lui et son sang bouillonna de colère. Il saisit la binette et la leva au-dessus de son épaule en se plantant solidement sur ses pieds largement écartés. Sa posture était une reproduction fidèle de celle dans laquelle le sculpteur de la Cour l'avait représenté, et cette statue grandeur nature (« Notre Roi athlétique ») se dressait sur la place principale de la cité ; mais cela n'impressionna pas l'étranger. Il éclata d'un rire discordant.

« Mon pauv' gars ! s'écria-t-il. Quoi c'est-y, cet'e posture ? »

Le Roi fut blessé. Jusqu'à maintenant, cette attitude avait été généralement admirée.

« C'est ainsi que je me tiens toujours pour tuer les lions, dit-il. Pour tuer des lions », ajouta-t-il, citant le traité bien connu de Nemrod, le manuel de chasse attitré, « le poids doit être également réparti sur les deux pieds au moment où l'on va frapper.

— Ah, bin, vous tuez pas d'lions pour lors. Vous gaulfez. »

Une soudaine humilité envahit le Roi. Il se sentit, comme beaucoup d'hommes devaient le faire en des circonstances similaires, dans les âges à venir, semblable à un enfant cherchant avidement les conseils d'un maître à la sagesse universelle — un enfant de plus handicapé par de l'eau dans le cerveau, des pieds trois fois trop grands pour lui et des mains consistant essentiellement en pouces.

« Ô, toi aux nobles ancêtres et au naturel aimable, dit-il avec humilité. Enseigne-moi la vraie voie.

— Servez-vous du grip entrecroisé et gardez le stance un p'tiot ouvert et l'vez lentement l' bras par deurrière et serrez pas trop, et balancez pas vot' chef et gardez vot' nœil su' la ba'.

— Mes quoi sur la quoi ? dit le Roi perplexe.

— J'imagine, Votre Majesté, hasarda le Vizir,

qu'il suggère respectueusement à Votre Sereine
Grâce de daigner garder l'œil sur la balle.

— Oh, ah ! »

La première leçon de golf jamais vue dans le
royaume d'Oom avait commencé.

Pendant ce temps, là-haut sur la terrasse, un
petit groupe de courtisans et de fonctionnaires
royaux se consultaient à grand renfort de chucho-
tis. Officiellement, l'infortunée histoire d'amour
du Roi était restée strictement secrète. Mais vous
savez comment cela se passe. Ces choses-là cir-
culent. Le Grand Vizir la raconte au Grand
Chambellan, le Grand Chambellan la chuchote,
confidentiellement, au Gardien Héréditaire
Suprême des Chiens Favoris du Roi ; le Gardien
Héréditaire Suprême la confie au Surveillant de
Haut Rang de la Garde-Robe du Roi en croyant
que cela n'ira pas plus loin ; et, avant que vous
sachiez où vous êtes, les palefreniers et les vils
valets en font des commérages de cuisine, et les
journalistes des Mondanités commencent à la
graver sur des briques pour le prochain numéro
des *Potins du Palais*.

« Le fin mot de l'histoire, dit le Surveillant de
Haut Rang de la Garde-Robe du Roi, c'est qu'il
faudrait l'égayer. »

Il y eut un murmure d'approbation. À cette époque où l'on exécutait facilement, il ne fallait pas prendre à la légère le fait qu'un monarque soit en proie à la tristesse.

« Mais comment ? s'enquit le Grand Chambellan.

— Je sais, dit le Gardien Héréditaire Suprême des Chiens Favoris du Roi. Essayons les ménestrels sur lui.

— Tiens donc ! Pourquoi nous ? protesta le chef des ménestrels.

— Ne soyez pas stupides ! dit le Grand Chambellan. C'est pour votre bien autant que pour le nôtre. Il me demandait, pas plus tard qu'hier, pourquoi il n'avait jamais de musique ces temps-ci. Il m'a dit de voir si vous supposiez qu'il vous payait simplement pour manger et dormir, parce qu'alors, il savait comment régler cela.

— Oh, dans ce cas ! » Le chef des ménestrels eut un soubresaut nerveux. Rassemblant ses assistants et descendant sur la pointe des pieds dans le jardin, il prit position à quelques pieds derrière Merolchazzar, juste au moment où ce monarque très longanime, après vingt-cinq vaines tentatives, adressait une fois de plus sa pierre.

Les poètes lyriques de cette époque n'étaient pas encore parvenus au suprême degré d'excellence qu'a atteint la comédie musicale moderne. L'art était alors dans son enfance, et ce que le meilleur des ménestrels pouvait faire était ceci — et ils le firent juste au moment où Merolchazzar, levant la binette avec une attention douloureuse, arrivait au sommet de son swing et entamait la descente :

*« Oh, accordons nos luths et unissons nos voix
Pour chanter notre glorieux et divin Roi !
C'est un ours ! C'est un ours ! C'est un ours ! »*

Il y avait seize autres vers, touchant les prouesses de leur souverain à la chasse et à la guerre, mais ils n'étaient pas faits pour être chantés sur ce parcours. Le roi Merolchazzar sursauta comme un bœuf piqué, leva la tête et manqua la balle pour la vingt-sixième fois. Il se retourna vivement vers les ménestrels qui poursuivaient courageusement leur chant de louanges :

*« Oh, par tous les Dieux, qu'il triomphe à jamais !
Notre Roi possède une poigne d'airain !
Premier à la guerre et premier dans la paix,
Premier dans le cœur de ses concitoyens. »*

« Allez-vous-en ! rugit le Roi.

— Votre Majesté ? chevrota le chef des ménestrels.

— Faites un bruit comme un œuf et battez-le ! » (De nouveau, on trouve impossible de reproduire l'idiome du chroniqueur en langage moderne, et l'on doit se contenter d'une traduction littérale.) « Par les os de mes ancêtres, c'est un peu dur ! Par la barbe du bouc sacré, c'est pénible ! Au nom de Bélus et de Hec, pourquoi, espèce de désaxés hurleurs, entamez-vous ce genre de truc au moment où un homme est en train de faire son swing ? Je me préparais à bien la frapper, cette fois, et vous vous amenez, espèces de... »

Les ménestrels disparurent. Le barbu tapota paternellement le monarque fulminant sur l'épaule.

« Ma doué, vous pouvez pas êt'cor' un gaulfer, mais vingt dieux ! vous apprenez bien la langue ! »

La fureur du roi Merolchazzar s'évapora. En entendant ces éloges, les premiers que prononçait son précepteur barbu, il grimaça modestement. Avec une patience exemplaire, il se retourna et visa la pierre pour la vingt-septième fois.

Ce soir-là, toute la ville apprit que le Roi s'était entiché d'une nouvelle religion, et les orthodoxes secouèrent la tête.

Nous qui, à l'heure actuelle, vivons au sein des multiples merveilles d'une civilisation complexe, avons appris à nous adapter et à considérer comme allant de soi ce qui, dans un âge précédent et moins avancé, aurait causé l'excitation la plus profonde, et même de l'inquiétude. Nous acceptons sans commentaires le téléphone, l'automobile et la télégraphie sans fil, et nous ne sommes pas émus par le spectacle de nos compagnons humains en proie aux premiers accès de la fièvre golfique. Il en fut bien autrement pour les courtisans et les fonctionnaires royaux du Palais d'Oom. La nouvelle obsession du Roi devint l'unique sujet de conversation.

Maintenant, s'y mettant à l'aube et ne revenant qu'à la tombée de la nuit, Merolchazzar passait toutes ses journées sur le Linx, comme s'appelait le temple en plein vent du nouveau dieu. On avait installé l'Écossais barbu dans une luxueuse maison attenant à ces lieux, et on pouvait l'y trouver quasiment à toute heure du jour en train de fabriquer dans le saint bois les étranges équipements indispensables à la pratique de la nouvelle religion. En reconnaissance de ses services, le Roi lui avait accordé une grosse pension, d'innombrables *kaddiz* ou esclaves, et le titre de Promoteur du Bonheur du Roi que, pour plus de commodité, on abrégeait généralement en disant : Le Pro.

Pour le moment, Oom étant un pays conservateur, le culte du nouveau dieu n'avait pas attiré grand monde. En fait, sauf le Grand Vizir qui, en fidèle compagnon des fortunes de son souverain, avait adopté Gaulf dès le début, les courtisans se tenaient tous, sans exception, sur la réserve. Le Vizir s'était jeté dans le nouveau culte avec une telle énergie et une telle véhémence qu'il remporta sur le Roi le titre de Suprême Mirifique Détenteur du Handicap Vingt-Quatre Sauf les Jours Venteux où Il Remonte à Trente.

Tous ces nouveaux titres, il faut le souligner, étaient, en ce qui concernait les courtisans, une source inépuisable de mécontentement. D'où des regards noirs et des murmures de rébellion. Les lois de la préséance étaient violées, ce qui déplaisait fort aux membres de la Cour. Cela irrite un homme, qui depuis des années a obtenu une situation sociale inamovible — un homme, prenons un exemple au hasard, qui, en tant qu'Adjoint Astiqueur en Second des Bottes de Chasse Royales, sait que sa place est juste en dessous du Gardien des Chiens Chasseurs d'Anguilles et juste au-dessus du Second Ténor du Corps des Ménestrels —, cela l'irrite, disions-nous, de découvrir soudain qu'il doit céder le pas au Porteur Héréditaire du Baffy du Roi.

Mais c'était de la prêtrise qu'il fallait attendre une véritable et sérieuse opposition. Les servants des soixante-sept dieux d'Oom étaient hors d'eux. Le Grand Prêtre de Hec à la barbe blanche, qu'en vertu de ses fonctions on considérait généralement comme le chef de la guilde, fit remarquer, dans une brillante allocution adressée à l'assemblée extra-ordinaire de l'Association du Syndicat des Prêtres, qu'il s'était toujours élevé, jusqu'à maintenant, contre le principe de l'Exclusion des Non-Syndiqués, mais qu'il y avait des moments où toute personne douée de raison devait admettre que trop c'est trop et qu'à son avis ce moment était arrivé. Les acclamations qui accueillirent ces mots montrèrent qu'il avait exprimé avec justesse le sentiment de tous.

De tous ceux qui avaient écouté l'allocution du Grand Prêtre, aucun ne l'avait fait aussi intensément que le demi-frère du roi, Ascobaruch. Un homme insatisfait, sinistre, que cet Ascobaruch, aux yeux méchants, au sourire rusé. Toute sa vie, il s'était consumé d'ambition et, jusqu'à ce jour, il avait cru qu'il devrait se coucher dans son tombeau sans l'avoir jamais assouvie. Toute sa vie, il avait désiré être Roi d'Oom, et aujourd'hui il commençait à voir la lumière se lever. Il était suffisamment versé dans les intrigues de Cour pour comprendre que le parti qui comptait vraiment, la source d'où jaillissaient toutes les révolutions réussies, c'était les prêtres. Et que de tous les prêtres, celui qui importait le plus, c'était le vénérable Grand Prêtre de Hec.

Ce fut donc ce prélat qu'Ascobaruch rejoignit

à la fin de la réunion. L'assemblée s'était dispersée après un vote de censure unanime contre le roi Merolchazzar, et le Grand Prêtre se rafraîchissait dans la sacristie — car la réunion avait eu lieu dans le Temple de Hec — en buvant un peu de lait miellé.

« Quelle allocution ! » commença Ascobaruch avec cet air rusé, déplaisant, qui lui était habituel. Personne ne savait mieux que lui l'art de faire appel à la vanité humaine.

Ce compliment fit visiblement plaisir au Grand Prêtre.

« Oh, je ne sais pas, répliqua-t-il modestement.

— Oh, si ! Un discours d'une portée considérable ! Ce que je n'ai jamais compris, c'est comment vous faites pour trouver toutes ces choses à dire. On me paierait que je n'y arriverais pas. L'autre soir, on m'a demandé de porter un toast aux Visiteurs, lors du dîner des Anciens Élèves de l'Université d'Oom, et j'avais la tête complètement vide. Mais vous, vous vous levez et les mots volettent hors de votre bouche comme des abeilles sortant d'une écurie. Je ne comprends simplement pas. Ces choses-là me dépassent.

— Oh, c'est juste un truc.

— J'appellerais plutôt ça un don divin.

— Vous avez peut-être raison », dit le Grand Prêtre en terminant son lait au miel. Il se demandait pourquoi il ne s'était jamais aperçu, jusqu'à maintenant, que cet Ascobaruch était un type épatant.

« Bien sûr, vous aviez un sujet en or, poursuivit le prince. Je veux dire, un sujet qui avait de quoi vous inspirer. Par Hec, même moi — quoique, bien entendu, je n'aurais pas pu atteindre votre niveau —, même moi, j'aurais pu faire quelque chose avec un sujet pareil. Je veux dire, se mettre, comme ça, à adorer un nouveau dieu dont personne n'a jamais entendu parler. Je vous assure, mon sang a failli bouillir. Personne n'a un plus grand respect, ni autant d'estime, que moi pour Merolchazzar, mais je veux dire, quoi ! Ce n'est pas bon de se mettre à adorer des dieux dont personne n'a jamais entendu parler ! Je suis un homme paisible, et je me suis fait une règle de ne jamais me mêler de politique, mais s'il vous arrivait de me dire, pendant que nous sommes là, juste comme un homme sensé à un autre — s'il vous arrivait de dire : "Ascobaruch, je pense qu'il est temps de prendre des mesures drastiques", je répondrais franchement : "Mon cher Grand Prêtre, je suis absolument d'accord avec vous, et je vous soutiendrai jusqu'au bout." Vous pouvez même aller jusqu'à suggérer que la seule manière de nous tirer de ce bourbier serait d'assassiner Merolchazzar afin de pouvoir repartir sur une bonne base. »

Le Grand Prêtre se caressa la barbe d'u
sif.

« Je dois vous dire que je n'ai jamais pensé
qu'il serait nécessaire d'aller aussi loin.

— Ce n'est qu'une suggestion, bien entendu.
À prendre ou à laisser. Je ne m'en offusquerais pas.
Si vous connaissez une meilleure manière de nous
en débarrasser, allez-y. Mais en tant qu'homme
sensé — et j'ai toujours soutenu que vous êtes
l'homme le plus sensé du pays — vous devez voir
que ce serait la solution. Merolchazzar a été un
roi joliment bon, bien entendu. Personne ne nie
cela. Un beau général, sans doute, et un fameux
chasseur de lions. Mais après tout — soyons juste
— la vie n'est-elle que batailles et chasses au
lion ? N'a-t-elle pas un côté plus profond ? Ne
vaudrait-il pas mieux pour le pays avoir un bon
type orthodoxe qui a adoré Hec toute sa vie, et
qui préserverait les anciennes croyances — est-ce
qu'avoir quelqu'un comme ça sur le trône n'appor-
terait pas plus de prospérité à tout le pays ? Il y a
des douzaines d'hommes de ce genre qui attendent simplement qu'on fasse appel à eux. Supposons, seulement pour étayer mon argumentation,
que vous veniez me voir. Je répondrais : "Tout indi-
gne que je sois d'un tel honneur, je peux vous
assurer que, si vous me mettez sur le trône, vous
pouvez parier votre dernier *pazaza* qu'il y a une

chose qui n'en souffrirait pas, et c'est le culte de Hec !" Voilà ce que je pense. »

Le Grand Prêtre réfléchit.

« Ô toi aux traits insignifiants, mais d'aimable caractère ! dit-il, ton discours me semble bon. Cela pourrait-il se faire ?

— Oui ! » Ascobaruch éclata d'un rire hideux. « Oui, c'est possible ! Réveillez-moi au cœur de la nuit et questionnez-moi ! Interrogez-moi sur le problème après m'avoir arrêté pour cette raison sur la voie publique ! Ce que je suggérerais — je ne vous donne pas d'ordres, attention, j'essaie simplement de vous aider —, ce que je suggérerais, c'est que vous preniez ce grand couteau aiguisé que vous possédez, celui que vous utilisez pour les sacrifices, et que vous alliez vous balader sur le Linx — vous êtes sûr d'y trouver le Roi, et juste au moment où il lèvera ce bâton sacrilège au-dessus de son épaule...

— Ô, homme d'infinie sagesse, s'écria chaleureusement le Grand Prêtre, en vérité tu as parlé avec une bouche d'or.

— Est-ce un pari ? demanda Ascobaruch.

— C'est un pari ! répliqua le Grand Prêtre.

— Alors, amen. Bon, je ne veux pas être mêlé à quelque chose de déplaisant, aussi je crois que, durant l'exécution de ce qu'on peut appeler les préliminaires, je vais partir faire un petit voyage quelque part à l'étranger. Les Lacs du Milieu, c'est agréable en cette époque de l'année. Quand je reviendrai, se pourrait-il que toutes les formalités soient terminées ?

— Par Hec, comptez sur moi ! » déclara le Grand Prêtre d'un air déterminé, tout en tripotant son arme.

Le Grand Prêtre tint parole. Tôt le lendemain matin, il se dirigea vers le Linx et trouva le Roi en train de mettre la balle dans le trou du second green. Merolchazzar était d'excellente humeur.

« Salut, ô Vénérable ! s'écria-t-il d'un ton jovial. Serais-tu arrivé un instant plus tôt, tu m'aurais vu mettre ma balle dans le mille — et pas dans le neuf cent quatre-vingt-dix-neuf — avec le plus doux petit chip de demi-mashie-niblick jamais vu hors du domaine sacré de S'nandrew, que la paix soit sur lui ! » Il dénuda sa tête avec respect. « J'ai fait le trou en un de moins que le bogey, oui, et cela en dépit du fait que, sliçant mon drive, je m'étais égaré dans ces broussailles là-bas. »

Le Grand Prêtre n'avait pas l'avantage de comprendre un seul mot de ce que voulait dire le Roi, mais il en déduisit que Merolchazzar était content et donc dépourvu de tout soupçon. Il serra plus fermement, dans une main invisible, le manche de son couteau et accompagna le monarque jusqu'à l'autel suivant. Merolchazzar se pencha et plaça un petit objet blanc et rond sur un monticule de sable. En dépit de ses opinions austères, le Grand Prêtre, qui avait toujours été un fervent étudiant du rituel, s'intéressa à la chose.

« Pourquoi Votre Majesté fait-elle cela ?

— Je la perche sur le tee afin qu'elle puisse voler plus joliment. Si je ne le faisais pas, elle pourrait courir sur le terrain comme un scarabée au lieu de s'élancer dans le ciel tel un oiseau, et peut-être, car tu vois combien l'herbe est haute et enchevêtrée devant nous, devrais-je alors utiliser un niblick pour mon second coup. »

Le Grand Prêtre chercha à l'aveuglette ce que cela voulait dire.

« Est-ce une cérémonie en vue de se concilier le dieu et de s'attirer la chance ?

— On peut appeler cela comme ça. »

Le Grand Prêtre secoua la tête.

« Je suis peut-être vieux jeu, mais j'aurais pensé que, pour se concilier un dieu, il vaudrait mieux sacrifier l'un de ces *kaddiz* sur son autel.

— J'avoue, répliqua le Roi d'un air pensif, que j'ai souvent senti que ce serait un soulagement de sacrifier un ou deux *kaddiz*, mais, pour une raison ou une autre, le Pro s'est élevé contre cette pratique. » Il frappa la balle et l'envoya avec vigueur en direction du fairway. « Par Abe, fils de Mitchell, s'écria-t-il en abritant ses yeux de la main, un oiseau, ce drive ! Comme c'est écrit, en vérité, dans le livre du prophète Vadun : "La main gauche applique la force, la droite ne doit que guider. Ne serre donc pas trop fort ton bâton dans ta main droite !" Hier, je hookais tout le temps. »

Le Grand Prêtre fronça les sourcils.

« Votre Majesté, il est écrit dans le livre sacré de Hec : "Tu ne suivras pas de dieux inconnus."

— Prends ce bâton, ô Vénérable, dit le Roi sans prêter attention à sa remarque, et frappe toi-même. Il est vrai, tu es gravement touché par les ans, mais plus d'un homme a été si excité qu'il a pu jouer avec ses petits-enfants une partie un coup, un trou. Il n'est jamais trop tard pour commencer. »

Le Grand Prêtre recula, horrifié. Le Roi fronça les sourcils.

« Le Roi le veut », dit-il froidement.

Le Grand Prêtre était forcé de se soumettre. Auraient-ils été seuls, il est possible qu'il eût tout risqué sur un rapide coup de couteau, mais, à ce moment, un groupe de *kaddiz* qui remontaient le parcours était arrivé, et ils regardaient la cérémonie avec ce détachement hautain qui les caractérisait. Il prit le bâton et disposa ses membres comme le Roi le lui ordonnait.

« Maintenant, ramène-le lentement en arrière et garde ton nœil sur la ba' ! »

Un mois plus tard, Ascobaruch rentra de voyage. Il n'avait reçu aucun message du Grand Prêtre lui annonçant le succès de la révolution, mais il pouvait y avoir à cela de nombreuses raisons. Ce fut avec un contentement sans mélange qu'il ordonna à son conducteur de char de le conduire au palais. Il était heureux de revenir car, après tout, des vacances ne sont guère des vacances si vous êtes parti en laissant vos affaires en suspens.

En cours de route, ils passèrent devant un bel espace découvert, dans les faubourgs de la cité. Soudain un frisson gela la sérénité d'Ascobaruch. Il donna un bon petit coup dans le creux des reins du conducteur.

« Qu'est-ce que c'est que ça ? » demanda-t-il en retenant son souffle.

Sur toute cette étendue verte, on pouvait voir des hommes vêtus d'étranges robes, allant et venant par deux, et portant à la main des baguettes mystiques. Certains fouillaient nerveusement les buissons, d'autres marchaient d'un bon pas vers de petits drapeaux rouges. Une affreuse prémonition de désastre s'empara d'Ascobaruch.

La question parut surprendre le conducteur du char.

« C'étions le linx mounispal, répliqua-t-il.

— Le quoi ?

— Le linx mounispal.

— Dis-moi, pourquoi parles-tu ainsi ?

— Comment qu'ça ?

— Voyons, comme tu le fais. La manière dont tu parles.

— Vingt dieux, mec ! dit le conducteur de char. Sa Majesté le roi Merolchazzar — puisse son handicap décroître ! — l'a passé une loi que ses soujets f'ront ça. P'têt bin que c'est la langue parlée par Le Pro, la paix soit sur lui ! Mouais ! »

Ascobaruch retomba mollement en arrière, la tête lui tournait. Le char continua et prit la route avoisinant le Linx royal. Elle était partiellement longée par un mur, et soudain, derrière celui-ci, l'air fut déchiré par un éclat de rire.

« Arrête-toi ! » cria Ascobaruch.

Il avait reconnu ce rire. C'était celui de Merolchazzar.

Ascobaruch s'avança à pas de loup et passa prudemment la tête par-dessus le mur. Ce qu'il vit le rendit blême et hagard.

Le Roi et le Grand Vizir jouaient une partie à deux contre deux avec le Pro et le Grand Prêtre de Hec, et le Vizir venait juste de barrer pile le trou du Grand Prêtre.

Ascobaruch revint au char en chancelant.

« Remmène-moi, murmura-t-il, blafard. J'ai oublié quelque chose ! »

Ainsi le golf advint-il à Oom et, avec lui, une prospérité inégalée dans toute l'histoire du pays. Tout le monde était heureux. Il n'y avait plus de chômage. Et plus de délits. Le chroniqueur, dans ses Mémoires, en parle maintes fois comme d'un Âge d'Or. Et pourtant, il restait un seul homme sur lequel une totale félicité n'était pas descendue. Tout allait bien tant qu'il était sur le Linx, mais la nuit, durant de longues heures mornes et vides, le roi Merolchazzar reposait sans dormir sur sa couche et déplorait de ne pas avoir quelqu'un qui l'aime.

Bien sûr, ses sujets l'aimaient à leur manière. On dressa une nouvelle statue dans la cour du palais, qui le montrait en train de sortir sa balle de l'eau fortuite. Les ménestrels avaient composé tout un cycle de chants dans le vent, commémorant ses prouesses au mashie. Son handicap était descendu à douze. Mais ces choses ne lui suffisaient pas. Un golfeur a besoin d'une femme aimante à laquelle il puisse raconter sa partie journalière pendant les longues soirées. Et c'était en cela que la vie de Merolchazzar lui paraissait vaine. Pas un mot de la Princesse des Îles extérieures ne lui était parvenu et, comme il refusait qu'on lui fournisse

des substituts « tout-aussi-bien », il restait solitaire.

Mais un matin, aux premières heures d'un jour
d'été, alors qu'il dormait après une nuit agitée,
Merolchazzar fut réveillé par la main impatiente
du Grand Chambellan qui le secouait par l'épaule.

« Quoi ?

— Ma doué, Votre Majesté ! Glorieuses nouvelles ! La Princesse des Îles extérieures attend
dehors — je veux dire, à l'esstérieur ! »

Le Roi sauta du lit.

« Un messager de la Princesse, enfin !

— Non, sire, la Princesse en personne — c'est-
à-dire, se reprit le Chambellan qui était âgé et avait
du mal à s'accoutumer à la nouvelle langue, en
chèère et en auss ! Et croyez-moi, ou plutôt, faites 'tention à c'que je dis, poursuivit joyeusement
l'honnête homme, car il avait été très tourmenté
par les soucis de son roi, Son Altesse est la chose
la moins désagréable à regarder que ces yeux-là aient
jamais vue. Et vous pouvez dire que j'l'ai dit !

— Elle est belle ?

— Votre Majesté, c'est, au meilleur et au plus
profond sens du terme, une 'tite merveille ! »

Le roi Merolchazzar cherchait frénétiquement
sa robe à l'aveuglette.

« Dites-lui d'attendre ! cria-t-il. Allez l'occuper.
Posez-lui des énigmes ! Narrez-lui des anecdotes !

Ne la laissez pas partir. Dites-lui que je descends dans un moment. Par Zoroastre, où est notre impérial caleçon en mailles ? »

C'était une belle et plaisante vision que la Princesse des Îles extérieures debout sur la terrasse au clair soleil de cette matinée d'été, en train de contempler les jardins du Roi. Son délicat petit nez humait le parfum des fleurs. Ses yeux bleus erraient sur les rosiers, et la brise ébouriffait des boucles d'or sur ses tempes. Bientôt un bruit soudain la fit se retourner et elle aperçut un homme semblable à un dieu qui se hâtait de traverser la terrasse en remontant une socquette. À sa vue, le cœur de la Princesse chanta comme les oiseaux du jardin.

« J'espère que je ne vous ai pas trop fait attendre », dit Merolchazzar d'un air contrit. Lui aussi se sentait en proie à une étrange et violente ivresse. Vraiment, cette jeune fille n'était pas désagréable aux yeux, comme avait dit son Chambellan. Sa beauté était comme l'eau dans le désert, le feu par une nuit glacée, comme des diamants, des rubis, des perles et des améthystes.

« Oh, non ! dit la Princesse, je prenais du bon temps. Tes jardins sont d'une extrême beauté, ô Roi !

— Mes jardins sont peut-être d'une extrême beauté, répondit gravement Merolchazzar, mais ils ne sont pas moitié aussi extrêmement beaux que tes yeux. J'ai rêvé de toi nuit et jour, et je dirai au monde entier que ma vision n'était rien à côté ! Mon imagination paresseuse n'est pas arrivée à cent cinquante-sept lieues de la réalité. Laisse en ce jour le Soleil voiler sa face et la Lune se cacher, confuse. Laisse en ce jour les fleurs courber la tête et la gazelle des montagnes se reconnaître boiteuse. Princesse, voici ton esclave ! »

Et le roi Merolchazzar, avec cette grâce aisée si caractéristique de la Royauté, prit la main de la Princesse dans la sienne et la baisa.

Tandis qu'il faisait cela, il eut un sursaut de surprise.

« Par Hec ! s'exclama-t-il. Qu'as-tu fait à toi-même ? L'intérieur de ta main est couvert de petits endroits rugueux. Quelque sorcier malveillant t'a-t-il lancé un sort, ou qu'est-ce ? »

La Princesse rougit.

« Si j'éclaircis cela pour toi, j'éclaircirai aussi pourquoi je ne t'ai pas envoyé de message pendant si longtemps. J'étais fort occupée ; en vérité, je n'avais, semble-t-il, pas un moment à moi. Le fait est que ces endolorissements sont dus à une nouvelle religion étrange à laquelle moi et mes sujets nous nous sommes récemment convertis. Et, oh, que ne puis-je te faire connaître aussi la vraie foi ! C'est une histoire merveilleuse, mon seigneur. Il y a deux lunes, des pirates errants amenèrent à ma Cour un captif appartenant à une race fruste qui réside dans le Nord. Et cet homme nous a enseigné… »

Le roi Merolchazzar poussa un grand cri.

« Par Tom, fils de Morris ! Se peut-il qu'il en soit ainsi ? Quel est ton handicap ? »

La Princesse le regarda fixement, avec de grands yeux.

« Vraiment, c'est un miracle ! Es-tu aussi adorateur du grand Gaulf ?

— Oui ! cria le Roi. Je le suis ! » Il se tut. « Écoute ! »

De la chambre des ménestrels, tout en haut du palais, leur parvint un chant. Ils répétaient un nouveau cantique de louanges — paroles du Grand Vizir, musique du Grand Prêtre — qu'ils devaient interpréter lors de la prochaine nouvelle lune au banquet des adorateurs de Gaulf. Les mots étaient clairs et distincts dans l'air calme.

> *« Oh, couvrons d'éloges nombreux*
> *Notre Monarque très glorieux !*
> *Cela nous fait certes bégayer*
> *De le voir son club balancer !*
> *Le succès attend son putter !*

La chance accompagne son drive !
Qu'il fasse chaque trou en deux
Même si de cinq est le bogey. »

Les voix se turent. Le silence régna.

« Si je n'avais pas manqué un putt de deux pieds, j'aurais fait, hier, le quinzième long trou en quatre coups, dit le Roi.

— J'ai remporté l'Open des Dames des Îles extérieures, la semaine dernière », dit la Princesse.

Ils se regardèrent longuement dans les yeux. Puis, main dans la main, ils pénètrèrent lentement dans le château.

ÉPILOGUE

« Eh bien ? avons-nous demandé, avec inquiétude.

— Ça me plaît, a dit le rédacteur en chef.

— Brave type ! » avons-nous murmuré.

Il appuya sur la sonnette, faite d'un seul rubis inséré dans un pli de la tapisserie qui recouvrait le mur. Le majordome apparut.

« Donnez à cet homme une bourse pleine d'or, dit le rédacteur en chef, et jetez-le dehors. »

LEXIQUE

AIR-SHOT : le club passe au-dessus de la balle sans la frapper

BOGEY : score sur un trou, qui égale le par plus un

BOIS : club à tête de bois utilisé pour le coup de départ ou les longs coups sur les fairways

BRASSIE (BRASSY, BRASSEY) : club utilisé pour les coups longs

BUNKER : obstacle artificiel rempli de sable, installé dans les fairways ou autour des greens

CHIP : coup sec joué en dessous de la balle pour lui donner de l'effet arrière (= coup coché)

CLEEK : bois numéro 4

DOG-LEG : trou dont le fairway tourne à droite ou à gauche

DRIVE : premier coup, toujours joué avec un driver

DRIVER : club utilisé pour jouer les coups les plus longs

FAIRWAY : zone du parcours comprise entre le départ et le green

FERS : clubs à tête d'acier (numérotés de 1 à 10)

GREEN : partie du terrain où le gazon est bien entretenu

GRIP : la partie du manche du club que tient le joueur — la prise du joueur (*grip* Vardon, *grip* entrecroisé)

HANDICAP : niveau de jeu des amateurs qui permet de leur attribuer un score en compétition

HOOK : lorsque la balle part nettement à gauche en décrivant une courbe

LIE : l'endroit où s'arrête la balle

LINKS (les) : le terrain de golf

MASHIE : club qui correspond le plus souvent à un fer 5, mais aussi à un fer 4 (*mashie iron*), ou à un fer 6 (*mashie niblick*)

MATCH-PLAY : compétition jouée trou par trou

NIBLICK (appelé aujourd'hui fer 8) : club utilisé dans le sable, les herbes hautes, ou les coups courts

PUTT : coup roulé joué sur le green

ROUGH : terrain non entretenu bordant le fairway

SLICE (= balle coupée) : lorsque la balle part nettement à droite en décrivant une courbe

STANCE : position des pieds par rapport à la balle lors de l'adresse

SWING : mouvement du joueur pour frapper la balle, déplacement du club dans l'espace (*backswing* : swing en arrière — *upswing* : montée du bras et du club)

TEE : petite cheville de bois sur laquelle, au départ, le joueur place la balle et qui, à l'époque, était plantée dans une boîte contenant du sable

TOPER : frapper la balle sur la partie supérieure, d'où une trajectoire basse et une courte distance

Une partie mixte à trois   9
L'épreuve par le golf   43
L'avènement de Gaulf   79

Lexique   113

COLLECTION FOLIO 2€

Dernières parutions

3871. Isaac Bashevis Singer — *La destruction de Kreshev*
3926. Raymond Chandler — *Un mordu*
3927. Collectif — *Des mots à la bouche. Festins littéraires*
3928. Carlos Fuentes — *Apollon et les putains*
3929. Henry Miller — *Plongée dans la vie nocturne...* précédé de *La boutique des tailleurs*
3930. Vladimir Nabokov — *Un coup d'aile* suivi de *La Vénitienne*
3931. Akutagawa Ryûnosuke — *Rashômon* et autres contes
3932. Jean-Paul Sartre — *L'enfance d'un chef*
3933. Sénèque — *De la constance du sage* suivi de *De la tranquillité de l'âme*
3934. Robert Louis Stevenson — *Le Club du suicide*
3935. Edith Wharton — *Les lettres*
3961. Anonyme — *Le poisson de jade et l'épingle au phénix. Conte chinois du XVIIᵉ siècle*
3962. Mikhaïl Boulgakov — *Endiablade ou Comment des jumeaux causèrent la mort d'un chef de bureau*
3963. Alejo Carpentier — *Les élus* et autres nouvelles
3964. Collectif — *Un ange passe. Les anges de la littérature*
3965. Roland Dubillard — *Confessions d'un fumeur de tabac français*
3966. Thierry Jonquet — *La folle aventure des Bleus...* suivi de *DRH*
3967. Susan Minot — *Une vie passionnante* et autres nouvelles
3968. Dan Simmons — *Les fosses d'Iverson*

3969. Junichirô Tanizaki *Le coupeur de roseaux*

3970. Richard Wright *L'homme qui vivait sous terre*

4039. Isaac Asimov *Mortelle est la nuit* précédé de *Chante-cloche*

4040. Collectif *Au bonheur de lire. Les plaisirs de la lecture*

4041. Roald Dahl *Gelée royale* précédé de *William et Mary*

4042. Denis Diderot *Lettre sur les aveugles à l'usage de ceux qui voient*

4043. Yukio Mishima *Martyre* précédé de *Ken*

4044. Elsa Morante *Donna Amalia* et autres nouvelles

4045. Ludmila Oulitskaïa *La maison de Lialia* et autres nouvelles

4046. Rabindranath Tagore *La petite mariée* suivi de *Nuage et Soleil*

4047. Ivan Tourguéniev *Clara Militch*

4048. H. G. Wells *Un rêve d'Armageddon* précédé de *La porte dans le mur*

4097. Collectif *« Parce que c'était lui ; parce que c'était moi ». Littérature et amitié*

4098. Anonyme *Saga de Gísli Súrsson*

4099. Truman Capote *Monsieur Maléfique* et autres nouvelles

4100. Cioran *Ébauches de vertige*

4101. Salvador Dalí *Les moustaches radar*

4102. Chester Himes *Le fantôme de Rufus Jones* et autres nouvelles

4103. Pablo Neruda *La solitude lumineuse*

4104. Antoine de Saint-Exupéry *Lettre à un otage*

4105. Anton Tchekhov *Une banale histoire. Fragments du journal d'un vieil homme*

4106. Honoré de Balzac *L'Auberge rouge*

4143. Ray Bradbury *Meurtres en douceur* et autres nouvelles

4144. Carlos Castaneda *Stopper-le-monde*

4145. Confucius — *Les entretiens*

4146. Didier Daeninckx — *Ceinture rouge* précédé de *Corvée de bois*

4147. William Faulkner — *Le Caïd* et autres nouvelles

4148. Gandhi — *La voie de la non-violence*

4149. Guy de Maupassant — *Le verrou* et autres contes grivois

4150. D. A. F. de Sade — *La philosophie dans le boudoir. Les quatre premiers dialogues*

4151. Italo Svevo — *L'assassinat de la via Belpoggio* et autres nouvelles

4191. Collectif — *« Mourir pour toi ». Quand l'amour tue*

4192. Hans Christian Andersen — *L'Elfe de la rose* et autres contes du jardin

4193. Épictète — *De la liberté* précédé de *De la profession de Cynique*

4194. Ernest Hemingway — *Histoire naturelle des morts* et autres nouvelles

4195. Panaït Istrati — *Mes départs*

4196. H. P. Lovecraft — *La peur qui rôde* et autres nouvelles

4197. Stendhal — *Féder ou Le Mari d'argent*

4198. Junichirô Tanizaki — *Le meurtre d'O-Tsuya*

4199. Léon Tolstoï — *Le réveillon du jeune tsar* et autres contes

4200. Oscar Wilde — *La Ballade de la geôle de Reading* précédé de *Poèmes*

4273. Cervantès — *La petite gitane*

4274. Collectif — *«Dansons autour du chaudron». Les sorcières dans la littérature*

4275. G. K. Chesterton — *Trois enquêtes du Père Brown*

4276. Francis Scott Fitzgerald — *Une vie parfaite* suivi de *L'accordeur*

4277. Jean Giono — *Prélude de Pan* et autres nouvelles

4278. Katherine Mansfield — *Mariage à la mode* précédé de *La baie*

4279. Pierre Michon — *Vie du père Foucault* suivi de *Vie de George Bandy*

4280. Flannery O'Connor — *Un heureux événement* suivi de *La personne déplacée*

4281. Chantal Pelletier — *Intimités* et autres nouvelles

4282. Léonard de Vinci — *Prophéties* précédé de *Philosophie* et d'*Aphorismes*

4317. Anonyme — *Ma'rûf le savetier. Un conte des Mille et Une Nuits*

4318. René Depestre — *L'œillet ensorcelé* et autres nouvelles

4319. Henry James — *Le menteur*

4320. Jack London — *La piste des soleils* et autres nouvelles

4321. Jean-Bernard Pouy — *La mauvaise graine* et autres nouvelles

4322. Saint Augustin — *La Création du monde et le Temps* suivi de *Le Ciel et la Terre*

4323. Bruno Schulz — *Le printemps*

4324. Qian Zhongshu — *Pensée fidèle* suivi d'*Inspiration*

4325. Marcel Proust — *L'affaire Lemoine*

4326. Ji Yun — *Des nouvelles de l'au-delà*

4387. Boileau-Narcejac — *Au bois dormant*

4388. Albert Camus — *Été*

4389. Philip K. Dick — *Ce que disent les morts*

4390. Alexandre Dumas — *La dame pâle*

4391. Herman Melville — *Les Encantadas, ou Îles Enchantées*

4392. Mathieu François Pidansat de Mairobert — *Confession d'une jeune fille*

4393. Wang Chong — *De la mort*

4394. Marguerite Yourcenar — *Le Coup de grâce*

4395. Nicolas Gogol — *Une terrible vengeance*

4396. Jane Austen — *Lady Susan*

4441. Honoré de Balzac — *Les dangers de l'inconduite*

4442. Collectif — *1, 2, 3... bonheur ! Le bonheur en littérature*

4443. James Crumley — *Tout le monde peut écrire une chanson triste* et autres nouvelles

4444. Fumio Niwa — *L'âge des méchancetés*

4445. William Golding — *L'envoyé extraordinaire*

4446. Pierre Loti — *Les trois dames de la kasbah* suivi de *Suleïma*

4447. Marc Aurèle — *Pensées. Livres I-VI*

4448. Jean Rhys — *À septembre, Petronella* suivi de *Qu'ils appellent ça du jazz*

4449. Gertrude Stein — *La brave Anna*

4450. Voltaire — *Le monde comme il va* et autres contes

4482. Régine Detambel — *Petit éloge de la peau*

4483. Caryl Férey — *Petit éloge de l'excès*

4484. Jean-Marie Laclavetine — *Petit éloge du temps présent*

4485. Richard Millet — *Petit éloge d'un solitaire*

4486. Boualem Sansal — *Petit éloge de la mémoire*

4518. Renée Vivien — *La dame à la louve*

4519. Madame Campan — *Mémoires sur la vie privée de Marie-Antoinette. Extraits*

4520. Madame de Genlis — *La femme auteur*

4521. Elsa Triolet — *Les amants d'Avignon*

4522. George Sand — *Pauline*

4549. Amaru — *La Centurie. Poèmes amoureux de l'Inde ancienne*

4550. Collectif — *«Mon cher Papa...» Des écrivains et leur père*

4551. Joris-Karl Huysmans — *Sac au dos* suivi d'*À vau l'eau*

4552. Marc Aurèle — *Pensées. Livres VII-XII*

4553. Valery Larbaud — *Mon plus secret conseil...*

4554. Henry Miller — *Lire aux cabinets* précédé d'*Ils étaient vivants et ils m'ont parlé*

4555. Alfred de Musset — *Emmeline* suivi de *Croisilles*

4556. Irène Némirovsky — *Ida* suivi de *La comédie bourgeoise*

4557. Rainer Maria Rilke   *Au fil de la vie. Nouvelles et esquisses*

4558. Edgar Allan Poe   *Petite discussion avec une momie* et autres histoires extraordinaires

4596. Michel Embareck   *Le temps des citrons*

4597. David Shahar   *La moustache du pape* et autres nouvelles

4598. Mark Twain   *Un majestueux fossile littéraire* et autres nouvelles

4618. Stéphane Audeguy   *Petit éloge de la douceur*

4619. Éric Fottorino   *Petit éloge de la bicyclette*

4620. Valentine Goby   *Petit éloge des grandes villes*

4621. Gaëlle Obiégly   *Petit éloge de la jalousie*

4622. Pierre Pelot   *Petit éloge de l'enfance*

4639. Benjamin Constant   *Le cahier rouge*

4640. Carlos Fuentes   *La Desdichada*

4641. Richard Wright   *L'homme qui a vu l'inondation* suivi de *Là-bas, près de la rivière*

4665. Cicéron   *«Le bonheur dépend de l'âme seule». Livre V des «Tusculanes»*

4666. Collectif   *Le pavillon des Parfums-Réunis* et autres nouvelles chinoises des Ming

4667. Thomas Day   *L'automate de Nuremberg*

4668. Lafcadio Hearn   *Ma première journée en Orient* suivi de *Kizuki, le sanctuaire le plus ancien du Japon*

4669. Simone de Beauvoir   *La femme indépendante*

4670. Rudyard Kipling   *Une vie gaspillée* et autres nouvelles

4671. D. H. Lawrence   *L'épine dans la chair* et autres nouvelles

4672. Luigi Pirandello   *Eau amère* et autres nouvelles

4673. Jules Verne   *Les révoltés de la Bounty* suivi de *Maître Zacharius*

4674. Anne Wiazemsky   *L'île*

4708. Isabelle de Charrière — *Sir Walter Finch et son fils William*

4709. Madame d'Aulnoy — *La Princesse Belle Étoile et le prince Chéri*

4710. Isabelle Eberhardt — *Amours nomades. Nouvelles choisies*

4711. Flora Tristan — *Promenades dans Londres. Extraits*

4737. Joseph Conrad — *Le retour*

4738. Roald Dahl — *Le chien de Claude*

4739. Fiodor Dostoïevski — *La femme d'un autre et le mari sous le lit. Une aventure peu ordinaire*

4740. Ernest Hemingway — *La capitale du monde* suivi de *L'heure triomphale de Francis Macomber*

4741. H. P. Lovecraft — *Celui qui chuchotait dans les ténèbres*

4742. Gérard de Nerval — *Pandora* et autres nouvelles

4743. Juan Carlos Onetti — *À une tombe anonyme*

4744. Robert Louis Stevenson — *La chaussée des Merry Men*

4745. Henry David Thoreau — *«Je vivais seul dans les bois»*

4746. Michel Tournier — *L'aire du muguet* précédé de *La jeune fille et la mort*

4781. Collectif — *Sur le zinc. Au café des écrivains*

4782. Francis Scott Fitzgerald — *L'étrange histoire de Benjamin Button* suivi de *La lie du bonheur*

4783. Lao She — *Le nouvel inspecteur* suivi de *Le croissant de lune*

4784. Guy de Maupassant — *Apparition* et autres contes de l'étrange

4785. D. A. F. de Sade — *Eugénie de Franval. Nouvelle tragique*

4786. Patrick Amine — *Petit éloge de la colère*

4787. Élisabeth Barillé — *Petit éloge du sensible*

4788. Didier Daeninckx — *Petit éloge des faits divers*

4789. Nathalie Kuperman   *Petit éloge de la haine*
4790. Marcel Proust   *La fin de la jalousie* et autres nouvelles
4839. Julian Barnes   *À jamais* et autres nouvelles
4840. John Cheever   *Une Américaine instruite* précédé d'*Adieu, mon frère*
4841. Collectif   *«Que je vous aime, que je t'aime!» Les plus belles déclarations d'amour*
4842. André Gide   *Souvenirs de la cour d'assises*
4843. Jean Giono   *Notes sur l'affaire Dominici* suivi d'*Essai sur le caractère des personnages*
4844. Jean de La Fontaine   *Comment l'esprit vient aux filles* et autres contes libertins
4845. Yukio Mishima   *Papillon* suivi de *La lionne*
4846. John Steinbeck   *Le meurtre* et autres nouvelles
4847. Anton Tchekhov   *Un royaume de femmes* suivi de *De l'amour*
4848. Voltaire   *L'Affaire du chevalier de La Barre* précédé de *L'Affaire Lally*
4875. Marie d'Agoult   *Premières années (1806-1827)*
4876. Madame de Lafayette   *Histoire de la princesse de Montpensier* et autres nouvelles
4877. Madame Riccoboni   *Histoire de M. le marquis de Cressy*
4878. Madame de Sévigné   *«Je vous écris tous les jours...» Premières lettres à sa fille*
4879. Madame de Staël   *Trois nouvelles*
4911. Karen Blixen   *Saison à Copenhague*
4912. Julio Cortázar   *La porte condamnée* et autres nouvelles fantastiques
4913. Mircea Eliade   *Incognito à Buchenwald...* précédé d'*Adieu!...*
4914. Romain Gary   *Les Trésors de la mer Rouge*
4915. Aldous Huxley   *Le jeune Archimède* précédé de *Les Claxton*

4916. Régis Jauffret — *Ce que c'est que l'amour* et autres microfictions

4917. Joseph Kessel — *Une balle perdue*

4918. Lie-tseu — *Sur le destin* et autres textes

4919. Junichirô Tanizaki — *Le pont flottant des songes*

4920. Oscar Wilde — *Le portrait de Mr. W. H.*

4953. Eva Almassy — *Petit éloge des petites filles*

4954. Franz Bartelt — *Petit éloge de la vie de tous les jours*

4955. Roger Caillois — *Noé* et autres textes

4956. Jacques Casanova — *Madame F.* suivi d'*Henriette*

4957. Henry James — *De Grey, histoire romantique*

4958. Patrick Kéchichian — *Petit éloge du catholicisme*

4959. Michel Lermontov — *La princesse Ligovskoï*

4960. Pierre Péju — *L'idiot de Shanghai* et autres nouvelles

4961. Brina Svit — *Petit éloge de la rupture*

4962. John Updike — *Publicité* et autres nouvelles

5010. Anonyme — *Le petit-fils d'Hercule. Un roman libertin*

5011. Marcel Aymé — *La bonne peinture*

5012. Mikhaïl Boulgakov — *J'ai tué* et autres récits

5013. Sir Arthur Conan Doyle — *L'interprète grec* et autres aventures de Sherlock Holmes

5014. Frank Conroy — *Le cas mystérieux de R.* et autres nouvelles

5015. Sir Arthur Conan Doyle — *Une affaire d'identité* et autres aventures de Sherlock Holmes

5016. Cesare Pavese — *Histoire secrète* et autres nouvelles

5017. Graham Swift — *Le sérail* et autres nouvelles

5018. Rabindranath Tagore — *Aux bords du Gange* et autres nouvelles

5019. Émile Zola — *Pour une nuit d'amour* suivi de *L'inondation*

5060. Anonyme — *L'œil du serpent. Contes folkloriques japonais*

5061. Federico García Lorca   *Romancero gitan* suivi de *Chant funèbre pour Ignacio Sanchez Mejias*

5062. Ray Bradbury   *Le meilleur des mondes possibles* et autres nouvelles

5063. Honoré de Balzac   *La Fausse Maîtresse*

5064. Madame Roland   *Enfance*

5065. Jean-Jacques Rousseau   *« En méditant sur les dispositions de mon âme... »* et autres rêveries, suivi de *Mon portrait*

5066. Comtesse de Ségur   *Ourson*

5067. Marguerite de Valois   *Mémoires. Extraits*

5068. Madame de Villeneuve   *La Belle et la Bête*

5069. Louise de Vilmorin   *Sainte-Unefois*

5120. Hans Christian Andersen   *La Vierge des glaces*

5121. Paul Bowles   *L'éducation de Malika*

5122. Collectif   *Au pied du sapin. Contes de Noël*

5123. Vincent Delecroix   *Petit éloge de l'ironie*

5124. Philip K. Dick   *Petit déjeuner au crépuscule* et autres nouvelles

5125. Jean-Baptiste Gendarme   *Petit éloge des voisins*

5126. Bertrand Leclair   *Petit éloge de la paternité*

5127. Alfred de Musset - George Sand   *« Ô mon George, ma belle maîtresse... » Lettres*

5128. Grégoire Polet   *Petit éloge de la gourmandise*

5129. Paul Verlaine   *L'Obsesseur* précédé d'*Histoires comme ça*

5163. Akutagawa Ryûnosuke   *La vie d'un idiot* précédé d'*Engrenage*

5164. Anonyme   *Saga d'Eiríkr le Rouge* suivi de *Saga des Groenlandais*

5165. Antoine Bello   *Go Ganymède!*

5166. Adelbert von Chamisso   *L'étrange histoire de Peter Schlemihl*

5167. Collectif   *L'art du baiser. Les plus beaux baisers de la littérature*

5168. Guy Goffette — *Les derniers planteurs de fumée*
5169. H.P. Lovecraft — *L'horreur de Dunwich*
5170. Léon Tolstoï — *Le diable*
5184. Alexandre Dumas — *La main droite du sire de Giac* et autres nouvelles
5185. Edith Wharton — *Le miroir* suivi de *Miss Mary Pask*
5231. Théophile Gautier — *La cafetière* et autres contes fantastiques
5232. Claire Messud — *Les Chasseurs*
5233. Dave Eggers — *Du haut de la montagne, une longue descente*
5234. Gustave Flaubert — *Un parfum à sentir ou Les Baladins* suivi de *Passion et vertu*
5235. Carlos Fuentes — *En bonne compagnie* suivi de *La chatte de ma mère*
5236. Ernest Hemingway — *Une drôle de traversée*
5237. Alona Kimhi — *Journal de Berlin*
5238. Lucrèce — *« L'esprit et l'âme se tiennent étroitement unis ». Livre III de « De la nature »*
5239. Kenzaburô Ôé — *Seventeen*
5240. P.G. Wodehouse — *Une partie mixte à trois* et autres nouvelles du green
5347. Honoré de Balzac — *Philosophie de la vie conjugale*
5348. Thomas De Quincey — *Le bras de la vengeance. Nouvelle gothique*
5349. Charles Dickens — *L'embranchement de Mugby*
5350. Épictète — *De l'attitude à prendre envers les tyrans*
5351. Marcus Malte — *Mon frère est parti ce matin...*
5352. Vladimir Nabokov — *Natacha* et autres nouvelles
5353. Arthur Conan Doyle — *Un scandale en Bohême* suivi de *Silver Blaze. Deux aventures de Sherlock Holmes*
5354. Jean Rouaud — *Préhistoires*
5355. Mario Soldati — *Le père des orphelins*
5356. Oscar Wilde — *Aphorismes* et autres textes

Composition Nord Compo
Impression Novoprint
à Barcelone, le 6 novembre 2011
Dépôt légal : novembre 2011
1ᵉʳ dépôt légal dans la collection : avril 2011

ISBN 978-2-07-044099-3./Imprimé en Espagne.

240134